北京地理

北京60年城市生活史

大城记 II

1969~1988

新京报社 编

中国建筑工业出版社

目 录 Content

新中国首都60周年

北京1949~2009大型城记 大城记事

大城记

1969

西直门

An early death of Yuan Dynasty
Dadu's west gate

关键词：西直门　深挖洞

西直门拆除工地上传出消息——元代的和义门重见天日。马可·波罗描绘过的那个若有若无的城市片段再度真切地出现在人们面前，在简单的摄影记录之后，和义门再度消失。这一次它不再是尘封的实体，而是一个看不见的城市中真正的缺席。

长龙逝于昏日、人海、晨雾

1969年冬春之交，北京的古城墙城门终于走到了它漫长岁月的尽头。在"深挖洞"的最高指示下，北京市民和近郊农民从四面八方扑来，用锹镐肢解着这条本已奄奄一息的长龙。从它身上剥下来的鳞片——那一米多长的方砖，被各种卡车、三轮车、板车、马车、排子车和手推车，源源不断地运到全市各个角落去修砌防空洞。多年后，一位当年曾参与城墙拆除的中学生，以如下三个词汇概括了记忆中的场面：昏日、人海、尘雾。

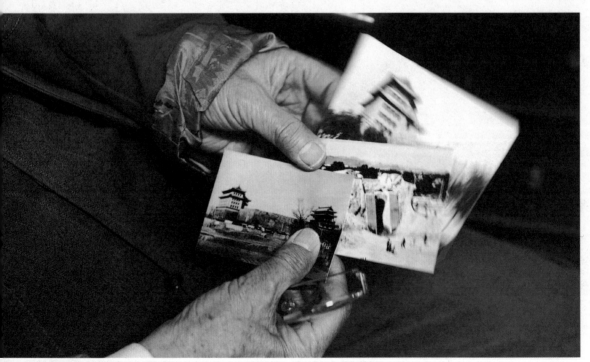

▲罗哲文手中拿着拍于1969年的西直门老照片。

拆西直门时发现和义门

1969年，对于文物工作者和视城墙城门如生活一部分的北京人来说，拆与不拆，已经不是一个可以争辩的问题。直到某一天，在西直门瓮城城台下，埋葬了600多年的元大都和义门重见天日，狂潮才得以暂时平息。

但可能是出于对这个重大发现、北京惟一保存完整的元代城门瞬间被夷为平地的遗憾和追悔，当年参与西直门拆除、第一个发现了和义门的"摘帽右派分子"郭源，在38年后的一篇文章中忆及此事时，仍坚持认为第二天文物局派人照相后，"城墙仍照拆不误，元砖被扔得满地都是"，之后仅隔了"一天时间"，它就荡然无存了。

他戏剧性地讲述了和义门的发现过程："我照旧扔砖，大概两点多钟的光景，砖下忽露出一个月牙形空洞，这离地面也就一米多，我跳进空洞，用力一推，余下的墙砖呼啦一下倒向东边，露出一个小城门洞。我一惊，拆瓮城墙拆出什么！我第一个钻进洞内，阳光也第一次照进这个近六百年的洞口，洞内很潮湿，忽然间看见南面墙壁上还有题字……是'东提辖、西提辖'还是其他什么官，我就说不好了，接着有七八个人名，我估计都是修城墙的工头，名字也绝不会见于明史，最后几个字我记得非常清楚：'大明洪武十年'。"（和义门在明代重建后，于明永乐十七年更名为"西直门"）但在他招呼另一位叫江荧的伙伴重新走进洞内时，"墙上的字一个也不见了"，"我起誓发愿一番，不是活见鬼"……

没有力量保护和义门

事情汇报到中科院考古所，徐苹芳、宿白等四五位专家被派去进行勘探发掘工作，第二天拆除工作暂停。"好长时间都没有活儿干了，大家都很兴奋。"现年90岁的首都博物馆离休干部郭子昇回忆，"那时我刚刚被解除审查，回到北京文物管理处工作，于是就被派到现场看守。"

那时已近初夏，郭子昇就搬个小凳子，支起一把伞，坐在和义

门城台台口上劝阻好奇的人，以免他们上去影响发掘工作，"晚上则由解放军或武警战士看守"。发掘工作进行了20多天，直到和义门被完全敞露出来。

一天下午，大约两三点钟，时任中科院院长的郭沫若和夫人于立群来了，他们登上城台看了一圈。下来后，郭子昇悄悄问这组建筑值不值得保存，"郭老未置可否"，很快就离开了。古建专家罗哲文回忆，其实那时候，"他（郭沫若）自己的处境也十分困难，检讨多次都未过关。""文革"结束后，郭沫若自己也曾解释："我自己都难保，哪还有力量来保护和义门呢？"而1971年1月，郭沫若在新华社经周恩来批准播发的报道各地考古发掘的公开稿件上，特地加上了一句话："元大都和义门瓮城城门重见天日，要归功于北京市拆卸城墙的工人。"

发掘完毕后，关于留与不留，"大家在小范围内进行了研究，所有人都不敢大胆主张非留不行。所以最后只是画图拍照了事，然后就任由拆除下去了"。郭子昇回忆。

梁思成的脸痛苦地痉挛

其实，不只因为和义门，在罗哲文看来，西直门在北京城门中也是形制极有特色的一个，拥有惟一的方形瓮城，"但1969年，文物部门不可能再给周总理写信，寄希望于他发话保护西直门。"

1965年北京地铁一期工程开工后，是在周总理的过问下，才保住了正阳门城楼和箭楼及同在地铁沿线的元代司天台遗址。"天文台有科学价值作为正当理由，西直门怎么说呢？"

据当时在北京市委负责建设工作的郑天翔回忆，早在1953年，为解决交通问题，就曾考虑拆除西直门城楼和箭楼。这一动议遭到梁思成等人的激烈反对，最后在城门两侧城垣开券洞通行，城楼、箭楼、瓮城当作交通环岛予以保留。

但1965年后，中苏关系恶化，这年1月，北京再次提出延宕了好几年的地下铁道修建计划。为了符合军事需要，又避免大量拆房，在施工过程中也不妨碍城市正常交通，提出地下铁道准备选择合适的城墙位置修建，而西直门、东直门、安定门等正处于规划中的地铁二期工程一线。

"'文革'之初，西直门本来就成了'破四旧'的对象，只是由于拆除费力，所以一时无人顾及。"罗哲文说。但1969年开始的大规模修筑防空洞运动足以横扫一切。

❀ 纪事·1969 ❀

5月中旬 北京市在拆除西直门箭楼时，发现元大都城的和义门瓮城城门和门楼。

7月8日 程砚秋家属果素瑛将手抄剧本527本、文物122件、字画547件、古书3359本、旧平装书300本捐献给国家。

8月12日 南苑范园大队发现明贵戚万通夫妇合葬墓，出土墓志和大量随葬品。其中有嵌宝石刻龙金执壶、金玉带、白玉龙首纹带钩、青花莲瓣碗等器物。

9月27日 东方红炼油厂建成投产。

9月28日 首都钢铁公司"八五〇"初轧车间建成投产。

9月 北京东安市场拆除后统建的大商场，更名为东风市场并开始营业。

同月 北京市人民防空领导小组成立，各级相应成立防空领导小组。全市开展了群众性的挖防空洞、防空壕的活动。

10月 北京地下铁道一期工程（北京火车站——石景山苹果园）建成，并投入使用。

12月15日 天安门城楼翻修工程正式开工。经建筑工人日夜奋战，不到100天工程全部竣工。

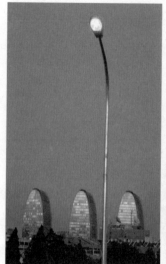

梁思成遗孀林洙回忆，听说拆西直门发现了元大都和义门后，"梁公希望我去拍一张照片，可我没去。那时年逾六旬的梁公晚上常被拉出去批斗，你推我搡中，剧烈的疼痛几乎使他直不起腰，不断感冒，他的肺气肿一天比一天厉害，呼吸困难，不能走。对一个妻子来说，那一时刻，丈夫的生命更重要，我必须留在家里照看、陪护他。而对梁公来讲，古建筑是他的生命，为此，当时他的脸痛苦地痉挛了。"

能做的只有记录

作为梁思成的嫡传弟子，那段时间，罗哲文也切身感受了自己的痛苦和无能为力。"有一天我经过西直门时，看见城楼和箭楼都搭上了脚手架，看起来不是维修，向在场的工人一打听，才知道是要拆。我也无计可施，因为它不像古天文台具有科学价值，能向周总理反映。于是我只好用自己买的国产相机和国产胶片拍一些照片留作纪念。先是拍了城楼搭上架子的照片，过些日子，又去拍了拆到一半只余立柱的照片，又过一些日子，再去拍了拆除闸楼、闸门的照片，最后还拍了拆出元代和义门城楼遗址的好些照片。"

这期间，自1952年就致力于为北京城门画像的张先得，也借着被组织去军事博物馆参观在珍宝岛事件中被击毁的一辆苏联坦克的机会，骑车去西直门，画了两三个小时，并有幸看到了尚未被拆除的和义门门洞内的题记——在此前后，他作为"黑线人物"被集中到十一中隔离审查了很长一段时间。

和义门的发现也吸引了许多普通人。当年只有16岁的北京人王建民听到消息后，就顶着烈日坐了十几站公共汽车专门去观看。那时，城台旁的城墙都已被拆除，只剩下城台孤岛般堆在马路中间。"当年我对文物一无所知，更没有文物保护意识，只是出于一种对老北京城的质朴的感情而恋恋不舍地在其左右徘徊，心中默默念叨：'以后就永远也见不到它了。'"

当然也有人像本文开头提到的那位中学生一样（《城记》作者王军）："那时我……挖得同别人一样起劲儿。那时我还不知道世上有个梁思成。……那时，对一个中学生来说，历史是从红旗如海的天安门广场开始的。"

◀前页上（右）　西直门旧影。

◀前页下和上（左）　2007年，车水马龙的西直门西环广场夜晚。

▲张一民，81岁，1969年被调入首都人民防空办公室，一年后被任命为副主任，直到1985年离休。

见证人·1969

1969年3月珍宝岛事件后，中苏关系陷入紧张状态。不久，毛泽东发出了"深挖洞，广积粮，不称霸"的号召。这年8月，中共中央决定成立各级人民防空领导小组，一场遍及全国范围的开挖防空洞和防空壕的群众运动由此开始。

老布什圣诞节参观防空洞

1969年3月珍宝岛事件后，中苏关系陷入紧张状态。不久，毛泽东发出了"深挖洞，广积粮，不称霸"的号召。这年8月，中共中央决定成立各级人民防空领导小组，一场遍及全国范围的开挖防空洞和防空壕的群众运动由此开始。

挖防空洞经历三阶段

我印象中，北京挖防空洞的运动经过了三个阶段。最初是发动群众，在院内、房内、办公楼内、商店内和车间内各自开掘开式简易防空洞，一般是砖石结构。上面用水泥盖板加土覆盖，深度约4米。再就近把一个个单体洞连通，形成小范围的连片工程。男女老少几乎都参与了进来，一开始大家四处捡砖，后来就找空地建起许多小土窑烧砖，连小学生捡来的冰棒棍都要送到土窑作为燃料。这种做法后来受到周总理的批评，才作罢。

这时的防空洞防护能力很差，只能预防房屋倒塌和散落的弹片。按城区450万人口计算，当时要求每人有半平方米，其实只是迅速给每人提供一个藏身之处。

1974年后，开始向永久性防空工事发展。一方面对简易防空洞进行了加固，另一方面开始用暗挖方式，用钢筋水泥预制板支撑，深度可达8米，掘开式的覆盖层也要用水泥浇灌。所有新建工程都要达到五级防护标准，也就是能抗小型炸弹直接命中，出入口也要达到"三防"（防毒、防火、防辐射）"五能"（能打、能藏、能生活、能机动、能生产）的要求。

1979年以后，随着国际形势趋向缓和，北京人防工程开始进入以"平战结合"为主的新阶段，对已建工程要尽可能利用，暂时不能利用的也要经过改造利用起来。首先是用作旅馆。当时北京旅馆奇缺，海淀八里庄人防工事率先改成了旅馆。此后，迅速达到889家，很大程度上缓解了住店难的问题。之后便出现了地下商场、餐厅（食堂）、仓库、粮油库、教室、会议室、电影院、滑冰场等。

周总理指示人防工程建设

北京人防工程很早就开始接待外国元首和国际友人参观，它的建设也得到了周总理等中央领导的支持。1971年6月21日，周总理陪同罗马尼亚总统齐奥塞斯库参观，我是陪同人员之一。参观完毕后，总理把大家召集到会议室，又详细询问了北京人防工程建设的情况，比如"挖了多少"、"用了多少钱"、"建筑材料怎么解决"、"挖出的土方如何处理"等。随后总理又说："挖出的土方可以在公园堆山嘛！煤山不是渣土堆起来的吗？"周总理明确指示："地铁是北京战备工程的骨干，人防工程要与骨干工程结合起来；人防工程要平战结合，做到战时能用，平时也能用；人防工程建设要与城市基础设施建设结合起来，建房子要建地下室，不能建了房子再挖洞。"

1970年秋天，我接到外交部通知，说毛主席的老朋友斯诺要参观北京防空洞，一定要让他满意。我们最后确定将前门外大栅栏地道网作为参观地点。大栅栏地区人口稠密，商业繁华，是北京人防工程中的难点，但这里的地道网坚固完善，布局合理，因此也是北京人防工程中最典型的。参观完后，斯诺深有感触地说："我去过广岛，原子弹爆炸后，损失惨重，主要是光辐射烧伤。如果那里有这样的工程，损失就会小多了。"

老布什圣诞节参观防空洞

我印象深刻的还有1974年12月25日圣诞节那天，陪同美国前总统乔治·布什参观大栅栏地道网的情形，当时他还是美国驻北京办事处的主任。当他走进前门妇女服装店时，店内工作人员在柜台上轻轻按了一下电钮，眼前的地板居然徐徐展开。工作人员说："这里就是地道入口！"布什一行惊异地沿着踏步台阶走进地道。

参观结束后，我们招待他们在地下大厅品茶，这才得知他们此次参观是时任副总理邓小平的建议。布什笑着说："看来今天我们要在地下过节了。"然后问："这防空洞你们是怎么挖的？"陪同人员说："各家挖各家的，然后连起来，男女老少齐上阵，就成了这个样子。"布什转头问随同他一起参观的姨妈："你害怕吗？"他的姨妈笑而未答。布什接着说："这要让我妈知道了，她会害怕的！"在座的人哈哈大笑。

后来看到布什回忆录，我才知道，他回国后确实把这次参观情况告诉了他母亲。他母亲说："这是一件奇特的圣诞礼物，现在全世界人民致力于和平，却邀请你们去看防空洞，中国人想说明一个观点，他们时刻准备着风云变化。"布什接着写道：安排在圣诞节看防空洞，的确令人奇怪又难以忘怀。

60年60人·1969

加入黑龙江建设兵团"铁"字师

谭慧敏，女，56岁，退休，居住于东城区黄寺

我是1969年去黑龙江插队的知识青年，那年不到17岁。由于我父亲是党员，家里经常来敲锣打鼓的人，给我做动员。8月18日，我踏上了北京站发往东北的专列，站台上满是来送我们的人。

当时黑龙江建设兵团一共6个师，分别以"建、设、钢、铁、边、疆"命名，我被安排在4师39团，也就是"铁"字师。相声演员姜昆也在黑龙江建设兵团，他是"设"字师的。刚来时，条件很艰苦，都管这里叫"北大荒"，我们所在的密山经常下齐腰深的雪，有时候一夜雪后，清晨起来打不开房门。

这张照片是1969年到东北第一场雪后拍的，站在右边的是我，左边是我的朋友赵丽英，在条件最艰苦的时候，我们还曾睡过一张床。给我们拍照的是当地工程排的一名摄影爱好者。

去年，我们当年连队的战友在北京组织了一次大聚会，39年不见的战友又相聚在一起，尽管大家都已容颜老去，可当年那种患难与共的友谊未变，虽然当年吃了很多苦，但却磨炼了坚强的意志，广阔天地，大有作为，这在城市是体验不到的。我和赵丽英又以冰天雪地为背景拍了一张照片，和39年前的老照片放在一起，不觉感叹岁月如梭。

新中国首都60周年

北京1949～2009大型城记 大城记事

大城记

1970

宣武土产

Local products and daily expenses

关键词：宣武土产　东方红一号卫星

"文革"进行到中期，"宣武区土产日用品管理处"成为北京市商业机构转型的一个样本，它的服务模式随即被推广到北京城乡。"日用品"表明它的经营事关民生，"管理处"则是一项"文革"修辞，委婉地遮蔽了它前店后厂的商业性质。在这个生产被延宕、物质极大匮乏的时期，它通过"修售结合"和"缝缝补补又三年"将南城的修补传统延续下来。

社会主义商店
接续南城修补传统

1956年，广安门内卖麻绳竹柳的、天桥补麻袋的等被进行社会主义改造之后，全部被纳入了宣武土产的范畴，全称是"宣武区土产日用品管理处"。有门市部17个，职工265人，主要经营锅碗瓢盆、竹柳山货，当时这些商品直接关系着人民群众的生产生活，1970年在全国商业工作会议上受到周总理点名表扬。

宣武土产代表参与全国商业工作会议

　　1970年8月中下旬，当时在宣武土产经营处工作的王东峨作为宣武商业系统的代表参加了全国商业工作会议。"原本会议在民族饭店举行，后来中央全会决定在民族饭店召开讨论陈伯达问题会议。我们就被转移到了华侨大厦。"当时全国商业会议各支队伍由省市主管财贸的领导带队，王东峨记得，"北京市代表团由北京市革委会副主任杨少桥带队，去了十几个人，有西单百货商场、东风市场、花市百货商场等"。

　　会议的一项主要内容就是各代表团向大会汇报工作，当时王东峨汇报的主题是"以卖代修创新路，修旧利废为人民"。在王东峨看来，"说的都是实事求是的内容，并没有什么特别的，因为南城一带穷，天桥、广内附近一带更是有晓市的传统，修修补补卖旧东西是常有的事情。公私合营后很多以前的小贩都到了'宣武土产'"。

　　宣武土产下面当时有17个商店，主要经营的是锅碗瓢盆、砖瓦灰沙等人民生活必需的日用品。当时物资紧张，各个商店都打破只卖不修的框架，花钱不多，群众很高兴，并且还会拆整零卖，不嫌麻烦。各商店根据地区特点，调整了营业时间，服务上门。

▲王东峨曾在1070年代表宣武土产参加全国商业工作会议。

◀前页　宣武土产的老仓库位于菜市口铁门胡同，现属于某经贸公司的房产。

▼上　院里还有当年出售的菜坛子。

▼下　驮着缸去大兴的就是这两辆三轮。

前店后厂引发"分内"与"不务正业"之争

当时说一句话：一颗红心两只手，为人民服务最幸福，前设店，后设厂，为人民服务的道路越走越宽广。当时宣武土产下面的东方红商店，自制了修理搓衣板的土机器，慢慢实现了前面开店、后面设厂。当时一种观点是，修理是我们分内的事情。也有人说，卖货的去搞修理，这是不务正业。

两种认识开始了争论，王东峨记得当时是天天开会，这被认为是新与旧、革命与保守、两种世界观和两条路线的对立。为了把这些意见在毛主席思想上统一起来，提高到"纲"上和"线"上来认识，举办了《五七指示》学习班，当时大家都说越学心胸越宽广，越学心里越亮堂。王东峨记得最后的结论是："什么叫正业，干革命就是正业，按照毛主席指示办事就是正业。革命哪里有分内分外之分，坚决执行毛主席的革命路线，全心全意为人民服务就是我们的本分。"

"以商为主，兼学别样，修售结合"

有一个时期，因为知识青年上山下乡，搓衣板的销量剧增。商店一方面组织货源，一方面增添修理旧洗衣板的业务。这也是贯彻毛主席的"厉行节约，反对浪费，勤俭办商店"伟大方针。积极开展修旧利废的业务。包装商品用的竹板，过去都当柴火烧了，现在被用来修理笼屉——这是变无用为有用。

另一个方面，还走出去促进社会节约。将残破麻袋缝补完整，将残旧缸修补好供应农村，将废品公司买来的废搪瓷脸盆和痰盂进行换底，实在太破的脸盆就改制成锅圈，这一制作也多少为国家节约了钢铁。"以商为主，兼学别样，修售结合，全心全意为人民服务"——这是上世纪70年代初宣武土产的工作方式。

进入夏天，宣武土产为工农兵群众准备了草帽、雨具、纱窗、蚊帐以及菜农用的竹竿。在冬天到来之前，为了制作当时市面上紧俏的风斗，宣武土产专门去顺义拉回非杂交的高粱秆（高粱秆是制作风斗的原料，当时高粱是低产作物，农村大多改种杂交高粱，但秆儿短，做风斗架不行）。

蹬三轮去大兴送缸

为了节约运费，当时宣武土产还送货上门。"1969年春天，第一次百里送缸，当时是送到大兴定福庄公社赵村大队。之前了解到农民进城送菜，希望带旧缸回去，需要量较大。当时职工们都争抢这个光荣任务，菜市口商店李春慧在前一天早晨就到仓库里装了一车炉口炉条，到天安门、前门练了一趟蹬三轮。回来时满头大汗，参加了开门前的早请示，同志们问她干什么去了？她说，我为明天给贫下中农送缸先练一遍。"

头一天我们就把炉子装上车，下班后王东峨记得自己带上气筒、胶水，挨个车检查了一遍，打足气。当时是"毛主席画像车前悬，三面红旗迎风展，十名女将走在前。饿了吃口凉干粮，渴了路旁吃雪蛋。一路上遇上不少上坡路，互相推车帮忙。下了公路走土道，大缸颠得来回响，因为担心缸碰坏，脱下棉衣垫缸，还没进村，就听到锣鼓响，贫下中农来欢迎了"。

出席会议者被指"个人主义"

在全国商业工作会议上，王东峨就把宣武土产的情况如实作了汇报。他记得是9月24日的深夜，历时一个多月的会议即将结束，当时的北京市革委会副主任杨少桥突然要求大家紧急集合开会，王东峨睡眼惺忪去了会议室。原来是9月24日这一天周总理接见了各省市自治区参加会议的代表团团长，当商业部长汇报到宣武土产的事迹时，周总理插话说，怎么现在才总结，全国各大城市都要学，北京在年底前要做出样子来，好好总结，加以推广。王东峨记得当时太急也没带笔记本记录，睡意全被这些话赶跑了。

之后，市二商局接到市革委会财贸组发出的《关于学习宣武土产日用杂品管理处先进经验的通知》。新华社、《北京日报》等新闻单位的记者、全国各省市商业代表以及来自越南的代表团都先后来宣武土产采访、参观。

而军代表也随后进驻了宣武土产，王东峨还记得开学习会的时候，"不知道怎么就说得越来越不对劲了，矛头指向了我，原来认

> **纪事·1970**
>
> 1月15日 北京市革委会作出决定，要求学习大兴县红星公社大白楼生产队王国福自力更生、艰苦奋斗的精神。
>
> 1月25日 北京市18个区县开始分别进行防空演习，参加演习的有1.44万多个单位的700多万人。
>
> 4月24日 中国成功地发射了第一颗人造地球卫星。首都人民连夜涌向天安门广场，欢呼庆祝。
>
> 9月5～8日 北京市革委会召开养猪生产会。会议批判了限制集体和社员养猪的形"左"实"右"的错误做法。
>
> 10月9日 周恩来总理陪同埃塞俄比亚皇帝海尔塞拉西一世到北京石油化工总厂参观。
>
> 10月 中国第一座城市立交桥——复兴门立交桥建成。
>
> 11月5日 根据周恩来总理在全国商业工作会议上的指示，北京市革委会财贸组发出通知，要求全市财贸战线立即掀起学习上海星火（日夜商店）、赶上海星火，学宣武土产（日用杂品管理处）、赶宣武土产的群众热潮。

为我在全国商业工作会议上作的报告是一种个人主义的表现，认为我功劳都往自己身上揽〞。王东峨称当时自己没有任何思想负担。〞之后，在宣武土产拍了一个'社会主义商店'的新闻纪录片，还有漫画家来体验生活画连环画，但是后来不知道什么原因都没有播出和出版。〞

菜市口铁门胡同甲112号，这里原来是宣武土产杂品公司的仓库。当年没卖完的瓦缸剩下了，炉子剩下了，几个职工坐在院子里打牌消磨时光。毛主席的话还在墙上，有人指着院子里锈迹斑斑的三轮车说，喏，那就是当年"先进的"三轮车。

60年60人·1970

我只上交了一部分毛主席像章

王淑仪，73岁，阜成门外北营房东里居民

1966年到1970年，毛主席像章特别多，我最喜欢的是小小的，戴起来很别致，有装饰的作用，我也很喜欢毛主席年轻时候的像章，非常好看。太大了戴在身上不好看，夏天戴大的也不合适，可能会扎到肉。

当然也有那种先进分子戴大的，甚至还有极端的人别进肉里比赛着戴，看谁戴得多，好像每个人都戴，不戴也没有人说，但似乎不合适，每天食堂吃饭之前还要背一段语录。

那个时候逛街，别的东西舍不得买，但是有新的毛主席像章出来肯定会买。最少也是几毛钱一枚，看到喜欢的会多买几枚，和亲朋好友互相交换。以前我的毛主席像章都是散着的，1970年我买了这个红皮印有毛主席头像的相册，然后我就挑了我喜欢的像章别上。过了1970年，街上卖毛主席像章的就少了，戴的人也少了。后来"文革"结束的时候，单位要求把毛主席像章上交，我交了一大部分，这个相册里的都是我很喜欢的像章，就留了下来。

▲"那个时候的物件做得真精细，现在还是崭新的。"

　　李鸣生，毕业于解放军艺术学院，报告文学作家，1989～1994年调查采访当年参与"东方红一号"卫星升空过程的百余人，创作报告文学《走出地球村》，详细记录了当年"东方红一号"发射升空的前后历史过程。

东方红一号掠过天安门上空

12年间曲折的"上天之路"

　　1957年苏联发射了一颗卫星，次年中国代表团访问苏联……而在1965年后，全世界几乎平均每三天就有一颗卫星发射上天，卫星发射成为各国争抢的热点。1966年是一个卫星发射高潮，美国有74颗卫星升上天空。而中国的"文革"开始了，中科院的专家都纷纷靠边站了，为了保住中国新生的空间科学技术队伍，让第一颗人造卫星研制工作能够继续进行下去，中央决定筹建中国空间技术研究院。

　　当时研究院从各处调集人才，有"航天十八勇士"之称，现在很多人都找不到了。孙家栋是主要负责人，他说除了技术难题也还有政治难题，如何通过发射卫星突出政治呢？当时许多生产单位都在卫星零部件上镶嵌了毛主席像章，这些像章一旦嵌上去，政治性突出了，革命色彩有了，但是科学性却大大丧失了。

　　比如，卫星的某个系统本来要加强散热性能的，可嵌上毛主席像章后，散热性大大降低了。如果上天，这个系统非要烧坏不可。某个部件需要尽量减轻重量，但是嵌上毛主席像章后，重量反而增加了。这些问题都是常识，但是当时谁都不敢吭气。

　　1967年10月底，在第一颗"东方红"人造卫星的方案修改、论证会上，有人想了一个主意：把《东方红》乐曲安置在卫星上，让上天的卫星向全球高唱"中国出了个毛泽东……"这个主意受到了大家热情肯定。

只能是世界第五了

　　1970年4月24日下午3点，当时坐镇北京指挥所的国防科委副主任罗舜初终于接到了周总理的电话：罗舜初同志，毛主席已批准了今晚的发射！罗舜初立即打专线电话给酒泉发射场。当时地下控制室的同志十几个人排成队伍宣誓：下定决心，不怕牺牲……

▲上　首都群众欢庆卫星上天。
▲下　1970年4月24日升空的"东方红一号卫星"。（新华社图片）

在排除了一个地面故障并推迟了发射时间之后，当天夜间9时35分，载着"东方红一号"卫星的火箭成功发射升空。随后钱学森就发表了讲话，说东方红一号卫星的发射成功，是我国独立自主、自力更生的伟大成果。

他同时也不无遗憾地指出，日本已经在1970年的2月11日成功发射了它的第一颗卫星，走在了中国的前面，成为世界第四名。中国如果抓得紧点，是可以成为世界第四名的。他的话音刚落，便有专家忍不住痛哭起来。

《东方红》乐音响起来

当时负责卫星的众多专家还是很紧张——卫星上的《东方红》乐曲能否在天上唱起来？唱起来后音调能否保证不出差错？9点50分，国家广播事业局报告，由东方红一号卫星播送的《东方红》乐曲已经收到，而且声音清晰洪亮。这时候，大家才一下蹦起来，相互搂成一团。

此时，各个观测站及时捕获了卫星的各种信息。东方红一号卫星绕地球飞行一圈后，再次进入中国上空，喀什站立即将卫星的轨道参数送到了酒泉计算中心，湘西站将接收到的《东方红》乐曲信号进行录音整理后，当即将录音带用专机送往北京。

北京指挥所的罗舜初起草了卫星发射成功的新闻公报，再和新华社的一位组长轮番修改之后送交周总理。周总理将原稿中的"坚持自力更生、艰苦奋斗的方针"一句改为"坚持独立自主、自力更生的方针"。

首都欢庆

4月25日晚6时，新华社向全世界宣布公告。公报刚一发表，北京顿时灯火通明，鞭炮四起。首都人民纷纷走上街头，热情庆祝。大家争着看东方红一号发射成功的《号外》，自觉组成队伍，上街举行庆贺。

尤其是25日晚上8点29分，首都市民听说卫星将要经过北京上空，天安门广场人山人海，当卫星缓缓掠过天安门上空时，无数双眼睛在探照灯的引导下，追随夜空中的卫星，直到卫星完全消逝在东南方向。

"五一"国际劳动节这天，有关部门还做了预告：晚上"东方红一号"卫星将再次飞经天安门上空，人们不仅能够看到夜空中飞行的中国卫星，而且还可以通过无线电，收听到卫星在天上唱的《东方红》。当时还特意邀请了西哈努克亲王等外宾前来北京欢度"五一"。

周总理安排让17个思想好、业务好、贡献大的卫星功臣，组成了一个代表团，前往天安门观礼台上同中央首长一起共度节日。戚发轫为此特意挑了一身绿军装，当然，谁的口袋里都没有忘记装上一本崭新的《毛主席语录》。

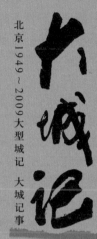

大城记

1971

故宫再面世
Reopened Imperial Palace

关键词：故宫再开放　文物流失

为了避免"火烧故宫"和"把墙砖拆下来运到乡下去盖猪圈"的惨剧，周总理在1966年果断决定封闭故宫。20世纪70年代初，国外多有对故宫的揣测（三大殿被毁），为了满足国外来宾参观故宫的意愿，在经过"朴素"的修整之后，故宫迎来了第一位重量级的观众——尼克松。此前，《故宫简介》的撰写也是一波三折，郭沫若更是邀请了夏鼐、白寿彝等十三位专家在漱芳斋为此进行"殿试"。

"血泪宫"重启
粉碎国外谣诼

1971年7月5日一大早，故宫博物院神武门上又悬挂了簇新的匾额，郭沫若的这份手书仿佛还墨迹未干，宫门两侧原本糊着厚厚几层大字报的宫墙刚刚恢复了赭红的本色，门外等待参观的人群就已经排起了长队。

在随后的一段时间内，不久前刚从湖北咸宁"五七"干校返回的张锡瑞等工作人员，大部分都投入到了卖票的工作中。"人山人海的，游客最多的时候一天竟达到了近10万人，卖票收票的甚至都来不及细数。这样紧张了一年多，秩序逐渐恢复正常后，大家才陆续回到自己原来的工作岗位。"——从"文革"开始之初故宫被紧急关闭、停止开放起，其间已经隔了几乎整整5年时间。

周总理电令关闭故宫
卫戍部队实施军事保护

1966年8月18日凌晨，故宫博物院值班室的电话铃声突然急促地响起。值班人员拿起话筒，里面清楚传来"立即关闭故宫"的指示，这是周总理在刚刚结束的一个紧急会议上作出的决定。这时，故宫内外的大字报早已是铺天盖地。几天前，一批大约30人的红卫兵甚至闯到了神武门前，扬言要"火烧故宫"、"砸烂紫禁城"。

▼左 1971年，亚非乒乓球友好邀请赛在京举行，尼日利亚乒乓球队队员前往故宫博物院参观。

▼右 进出午门的游客络绎不绝，躲过了多次劫难的故宫博物院及其附近的建筑如今成了古都最耀眼的名片。（老照片，新华社、新京报资料图片）

"在此之前，故宫就已经乱了。"现年75岁的故宫博物院原计财处处长张锡瑞说。某个星期天，张锡瑞因为拒绝给一队红卫兵调阅某个员工的档案遭到了批斗。"有人摁着我问：'你同不同意把故宫拆了到乡下盖猪圈？'我没敢吭声。又有人说：'把故宫改成血泪宫，你赞不赞成？'我小声说：'你们问文化部去。'来人立刻放出话来：'故宫要砸，过些天我们就来砸。'说完便离开了故宫。"

"我立刻给文化部部长肖望东的办公室打电话。胡凡夫来了解情况后立刻表示：'我这就给总理办公室打电话。'听完电话后，他的表情居然缓和了许多，说：'就这样吧，你也别害怕，过几天就会有结果'……"

故宫关闭后第二天一早，红卫兵再次来到了神武门前，但宫门已经紧锁，他们只好喊了一会儿口号后离去。1967年4月，北京卫戍区一营部队正式进驻，开始了对故宫的军事保护。

重新开放旨在辟谣
新题字替换"血泪宫"

1969年，"文化大革命"造反的高潮已经过去。这一年，张锡瑞连同大批故宫干部职工被下放到湖北咸宁干校劳动，故宫只剩下少数工作人员留守。

也是在这一年，原任文化部文物局局长的王冶秋同样被下放咸宁"五七"干校。离京之前，王冶秋特地给周恩来等中央政治局常委留下一封辞别信，建议设立一个5～10人的小组，"把无人管的文博事业重新抓起来"。王冶秋之子、《王冶秋传》作者王可回忆说："其实父亲非常无奈，也没抱什么希望，本来已经准备在咸宁长期呆下去了。"而在咸宁刚刚安顿下来不久，就有文化部留守处的人员来访，表示按周总理的指示，要接王冶秋回京待命。

1970年4月末，周总理的秘书侯英忽然来到王冶秋居住的黄化门39号，通知要他参加"五一"节晚上天安门的庆祝大会，并说周总理要和他谈话。5月1日晚上，王冶秋如约来到天安门城楼，"周总理只和他谈了几分钟的话，但意思非常明确，一是要他把图书馆、博物馆和文物系统的工作恢复起来；另外一个就是，很多外宾提出要看故宫，而当时外电也有谣言说，故宫三大殿都被红卫兵砸毁了，所以要他抓紧把故宫恢复开放。具体方案则让他和时任国务院文化组组长兼北京市革委会主任的吴德商量"。

5月1日当天，在天安门城楼上，吴德和王冶秋就确定了故宫开放的方针：原状陈列，个别甄别，文字斟酌。后来，很快确定了中轴线、西六宫、东六宫和皇极殿的陈列内容：宫廷、陶瓷、民间工艺、绘画等，"只是要求把有浓厚封建迷信色彩的艺术品剔除，比如小脚妇女穿的三寸金莲等等"。另外按周总理的指示，还对一些古建进行了加固维修，"要实用、经济、朴素、美观"，"美观不要过分强调，要朴素"，"和天安门协调就行了"。

据故宫博物院退休专家、长期从事文物陈列及宫廷历史研究的徐启宪说，神武门上的原匾是民国时期故宫博物院理事会理事长李煜瀛所写，为了显示除旧布新，就请郭沫若改题，然后让石工把原匾反过来刻制。

郭沫若主持"殿试"
故宫迎来基辛格

"《故宫简介》的编写也是一项非常重要的工作。"王可说。先是由整改组的朱金甫起草了第一稿，王冶秋修改后上报国务院请

▼左　在林彪、江青、康生、陈伯达等人中，康生窃取的文物数量居于首位，图为"文革"结束后展出的康生占有的部分文物。

▼中　1966年故宫关闭后，神武门上的大理石门匾被一大张纸盖住，上书"血泪宫"三个大字。

▼右　在关闭近五年后，1971年7月，故宫博物院"除旧布新"重新开放。当日，神武门外售票处排起长队。"游客最多的时候一天竟达到了近10万人。"

周总理阅批。不久，周总理把送审稿批示给郭沫若，要他和王冶秋主持对简介的审查。

1971年6月27上午，郭、王两人约集的夏鼐、白寿彝、刘大年、林甘泉、许大龄、黎澍、史树青等13位专家齐集故宫漱芳斋。郭沫若说："故宫准备重新开放，周总理批示，要我和冶秋同志商量一下，邀请各位把故宫博物院为重新开放编写的简介及所附材料看一看，有意见提出来写在上面，也可以补充修改，一个半钟头，十一时交卷。"接着，他又风趣地说，这可是场"殿试"。将专家意见集中修改后，郭、王两人再次将稿子送交周总理审批。

6月28日凌晨0点30分，周总理立刻召集王冶秋等人开会，并提出了要突出英国发动鸦片战争，要具体谈到葡萄牙对澳门的侵占等几条具体意见。当天白天，王冶秋即赶往郭沫若处，传达了周总理的意见。郭沫若作出相应修改后，交给王冶秋再次呈送周总理。

6月30日，一份带有江青、张春桥、姚文元签名的核准文件送回，最后则是周总理的批示："王冶秋同志照办"。"那时，江青、张春桥、姚文元都是中央文革小组的成员，不经他们画圈，事情不可能办成。这也是周总理为何在5天内连续三次作出批示、谨慎地字斟句酌的原因。否则，被他们抓住某个小问题，再上纲上线，就完全可能导致前功尽弃。"王可说，"更重要的是，故宫的重新开放，实际上也饱含了周总理通过文博工作实现外交突破的更深远的考虑，容不得半点马虎和差错。"

1971年7月9日，秘密访华的美国国务卿基辛格来到北京，第二天他便被安排到故宫参观，这也是他在北京停留的48小时内唯一的外出活动。1972年2月25日，美国总统尼克松访华，在王冶秋和故宫博物院院长吴仲超的陪同下参观了故宫，国外媒体都以显著版面报道了此事，一时轰动世界的"文物外交"由此拉开了帷幕。

60年60人·1971

"文革"期间多有文物出土

谢辰生，男，87岁，中国文物学会名誉会长，著名文物专家

"文革"开始后，许多国外媒体夸大了中国文物遭受破坏的情况，严重损坏了中国的国际形象。为了消除这些影响，在周总理的关怀和支持下，1971年7月，国家文物局（当时叫"国务院图博口领导小组"）在即将开放的故宫博物院慈宁宫举办了一次"无产阶级文化大革命期间出土文物展览"，实际上带有辟谣的性质。

当时邀请了全国11个省市参展，展出的文物精品共1982件，包括1968年河北满城汉墓出土的长信宫灯、金缕玉衣，1969年甘肃武威出土的马踏飞燕，1970年河南洛阳唐墓出土的三彩骆驼，1971年河南安阳出土的北齐黄釉瓷扁壶等，件件光彩夺目，堪称国宝。

为配合这次展览，有关专家精心制作了这套以展览中的文物精品为内容的铜质纪念徽章，专门用于向前来参观展览的、有严格身份限制的领导和外宾作馈赠之用。

朱德、陈毅、邓颖超等老一辈革命家都不止一次前来参观。这年7月10日，秘密访华的美国国务卿基辛格到北京第二天即参观了故宫和这个展览，这也是他访问期间唯一安排的外出活动。

在故宫展出结束后，这批国宝级文物精品以"中国出土文物展"的名义，远赴日本、西欧各国展览，所到之处，均引起极大轰动，这对于改善西方国家对中国形象的扭曲宣传，发挥了不可替代的"文化使者"的作用。

▲纪念章正面的图案是1970年在洛阳关林出土的唐三彩骆驼。

◀左 现年80岁的原北京文管会文物处处长、《北京志·文物志》副主编赵学勤曾担任古书文物清理小组的副组长。

◀右 现年90岁的首都博物馆离休干部郭子昇曾参与了拣选工作的全过程。

黄钟毁弃 明珠投暗
——满城都是"潘家园"

"文化大革命"开始后，北京的文物工作几乎陷于停顿状态，文物工作者被诬为封建社会的卫道士和孝子贤孙进而受到批判攻击。在这种情况下，原来各博物馆、图书馆、文化馆的文物陈列展览大多数被关闭，没有陈列散处各单位或者私人手中的，更是以废品处理、查抄等方式，处于任人宰割的境地。

在废品收购点"淘换"宝贝

其实，在"文革"之前北京市就开始了从废旧物资中拣选文物的工作。1959年，北京市文化局把任务交给了我所在的首都博物馆筹备处。我们从北京市物资回收公司开了一个通用介绍信，然后成天骑着自行车到各个废品收购点转悠。那时拣的东西比较杂，既有西汉时期的铜洗，也有妙峰山茶老会所用的铜壶，甚至还有民国期间北京理发匠所用的剃头挑子。

1967年2月13日，北京古书文物清理小组正式成立，旨在拣选、整理、保护被红卫兵查抄或被作为"四旧"、"废品"处理的有价值的古书文物。1968年11月29日，小组与文物工作队、首都博物馆筹备处合并组成北京市文物管理处。1971年12月30日，拣选工作基本结束，抢救出大量文物、字画、图书等等，为"文革"以后的文博事业打下了基础。

废铜仓库里的国宝

"文革"开始后，对寺庙的革命更加彻底，来自全国各地的大批佛像运到了北京，含有金银的送到贵金属剔炼厂，不含贵金属则分到了炼解铜厂。1967年，程长新和我两个被派到贵金属剔炼厂拣选。正值夏天，这些器物又大多含有硫酸，仓库中散发着一股刺鼻的气味。我们也不怎么挑，佛像只要是完整的我们都要，然后装卡车，运回孔庙或者故宫存放。当然，要按他们收购时的价钱给剔炼厂支付费用，并从物资部申请金属指标以抵消对方的任务。

最激动人心的要数1972年6月，程长新和呼玉衡两人在物资回收公司有色金属供应站的废铜仓库内捡回了一些带有铭文的残片，明显是一件西周的青铜器。他们马上发动人力，翻遍了像小山一样的废铜堆，终于将所有相关的铜片聚在了一起。拿回来经过故宫专家修复，发现居然是已经失传了许多年的班簋。郭沫若当即写了一篇《班簋之再发现》。这件器物后来被首都博物馆收藏，成了"镇馆之宝"。

拣选"文革"期间被红卫兵查抄的古书、文物是另一项重要的工作。我们的主要任务是先登记哪家查了什么东西，然后运回来，清点户头，鉴定真假，然后分门别类，按级别一部分存放到府学胡同36号文物管理处院内，一部分存放到孔庙中。当然也有一部分是从造纸厂的纸浆机前抢救下来的，只需以不低于原价的标准给造纸厂相应的补偿。

文物出口曾是创汇来源

需要一提的是，有一段时间，陈伯达、康生、叶群、黄永胜等一伙人经常来文物管理处挑选古书、字画等文物据为己有。我记得，府学胡同那个院子中，最多的时候停了8辆红旗轿车，他们就跟抢似的，我们也没有办法。

"文革"期间，有一段时间文物出口的量非常大，特别是1971年8月北京组织了一批较为珍贵的工艺品出口，其中就包括了明清两代的铜、木佛人10万多件，瓷器3万多件。那时，工艺品还是出口创汇的一个重要来源。

古书文物清理小组最初成立的时候，本来有外贸部门的人参加。但1967年8月以后，他们就退出了。在"文革"期间，根据国外客户的订单，外贸部门有自己独立的一套收集系统。只是在出口之前，要经文物部门鉴定，有重大价值的予以保留（当时叫"文留"），可以出口的则由文物部门打上火漆印予以确认。也就是说，原则上这时还是有控制地出口。

新中国首都60周年

北京1949～2009大型城记 大城记事

大城记

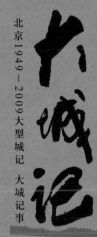

1972

白塔寺　广济寺修缮

Reconstruction of temples

关键词：白塔寺广济寺重修
梁思成辞世

深受元世祖宠信的尼泊尔建筑家阿尼哥在北京修建了白塔寺，682年之后1961年，它被列为全国重点文物保护单位，同时庙会活动也被终止。随后的几年里，40多户入住的居民带来了人间烟火，儿童活动站、查抄办公室和副食商店则将这里变换成了软红万丈。广济寺的正果法师被下放到"五七"干校，直到1972年斯里兰卡总理来访才被召回……

抢修古刹
与
外事应对

"同意修复广济寺，重修尼泊尔工程师为我建筑的西城白塔寺，不作庙宇，只作古迹看待，专供游览。"

西城阜成门内，妙应寺的展厅陈列里，摆着1972年3月28日，周恩来总理在外交部、国务院宗教事务所"关于建议修复广济寺佛教庙宇，供外事活动使用的补充请示报告"的批示。

妙应寺白塔是第一批全国重点文物保护单位名单中现存最老、最大的喇嘛塔，寺庙俗称白塔寺。1972年修复白塔寺和不远处的广济寺，其实是因外交部的"供外事活动使用"。

白塔寺管理处主任何沛说，白塔寺是中国和尼泊尔的友谊标志，提起白塔寺，老人们就会想到元代尼泊尔工匠阿尼哥，现在塔院下就有尼泊尔赠送的阿尼哥像。

根据阿尼哥的神道碑所述，尼泊尔国王搜罗了80员工匠，由15岁的阿尼哥领队来到中国。一年后，浮图建成，八思巴将阿尼哥送至元廷，得到元世祖的信任后，留官中国，修建了尼泊尔式的白塔。

1972年11月，时任尼泊尔首相比斯塔访华，访问了白塔寺。

在今天白塔寺的游客留言本上，来自尼泊尔的游客在留言中也称阿尼哥为英雄。

白塔寺内住进40多户

1961年，妙应寺白塔被定为第一批全国重点保护文物单位，同年，从北大历史系考古专业毕业到北京市文化局文物工作队的

▼白塔寺西侧胡同里的自由市场。解放前至"文革"前，白塔寺庙会曾是北京最著名的几大庙会之一。"文革"开始后，庙会停办。寺内也一度沦为大杂院。

吴梦麟，接到了给妙应寺白塔安装避雷针的任务。

"1961年，著名的白塔寺庙会终于停了。我到白塔寺一看，只有一个叫白云台的喇嘛维持，这里早已不是宗教场所了。东西配殿归西城区房管局管，大概住了40多户人家，居民们在廊檐下生炉子，寺庙里缭绕着人间烟火。中轴线上殿堂由市民政局民族事务科喇嘛事务管理组管理。"吴梦麟回忆，1962年2月，她和北京市文物工作队的同事刘精义、于杰、赵迅组成调查小组，对白塔寺进行全面调查，撰写了《白塔寺"四有"调查工作报告》。

白塔寺管理处书记杨曙光说，在北平和平解放前，梁思成为解放军标明的北京城内重要文物古建中，就包括妙应寺。1964年，白塔寺由市民政局移交中国佛教协会管理，黄春和撰写的《白塔寺》一书里，记录了这段变迁：1965年7月，中国佛教协会将白塔寺交给市文化局文物工作队代管，而实际使用权归西城区文教局，作为校外儿童活动站使用。在1965年和1966年间，寺中佛像经校外儿童活动站上报批准，被拆毁，部分法物交雍和宫。"文革"开始后，校外儿童活动站停止活动，一、二、三殿由西城区查抄办公室用作仓库，北面塔院作为丰盛绝缘材料厂堆放器材的场地。1969年，西城区副食管理处将山门、钟鼓楼拆除，1970年，市规划局批准在白塔寺山门基址上盖副食商店。

"当时寺里很凌乱，殿里的佛像等文物都没了，我们1962年为白塔安装了避雷针，1964年，塔身上灰皮剥落，我们用麻刀、石灰修理塔身覆钵。"吴梦麟说，当时的"国保"单位定的是妙应寺白塔，"是塔不是寺"，"但作为文物工作者，我们也很关注寺里的情况"。

西城区副主席、上世纪90年代任西城区文物所所长的许伟说："山门和钟鼓楼被拆除、建立副食商店这件事，写进了后来的教科书，作为破坏古都风貌的反面案例。"

同样未能幸免的还有广济寺，当时它已是中国佛教协会会址。1966年，一批打着"破四旧"旗号的造反派，冲进广济寺里，将大雄殿前的数块石碑和青铜宝鼎掀翻在地，毁坏所有殿堂的匾额和幡幢，将殿内供奉的佛、菩萨塑像全部推下供台，圆通殿供奉的元代铜铸自在观音，从供台上摔下时头冠折断，焚烧经书的大火在寺中

▼上 白塔寺塔院下尼泊尔赠送的阿尼哥像。白塔寺是中国和尼泊尔的友谊标志，当年尼泊尔国王曾搜罗了80员工匠，由15岁的阿尼哥领队来到中国。

▼下 现在广济寺正在进行全面的修缮工作。

▶白塔寺旧时的山门。1969年，西城区副食管理处将山门、钟鼓楼拆除，1970年，市规划局批准在白塔寺山门基址上盖副食商店。

数日未熄。中国佛教协会驻会人员法尊、正果、明真等被打成"黑五类分子"，安排在广济寺接受"监督改造"，正果法师等佛协负责人后被下放到"五七"干校。

广济寺2月内修复竣工

现任广济寺方丈演觉法师正在忙于广济寺的修缮工作，他说，修缮要做的工程至少有8项，包括将雨水和污水管道纳入北京市市政管道、更换已腐烂的自来水管道、电路改造、更新避雷针设施、更新监控设备、恢复广济寺山门前的影壁等。

相比现今的修缮工程，1972年对广济寺的修复则以佛像和文物为主。

黄春和说，在当时极"左"思潮的压力下，周总理能批示修复广济寺和白塔寺已属不易。广济寺修复由国家拨款，大雄殿内的三世佛是从西郊大觉寺移来的，当时在北京各寺已经无法找到一尊完整的罗汉像，所以三世佛两侧的罗汉像，取自市文物局的库藏品。为抢修佛像和文物，在广济寺西院临时建立了个小作坊，请来故宫博物院修复厂的高级技工，并通过他将多名已改行的修复专家请到广济寺，昼夜赶工，使全部修复工程在两个月内竣工。

中国佛协的黄炳章在后来的回忆中说："广济寺成为'文革'浩劫后国内修复的第一座寺院。"1972年，正果法师调回北京，负责接待斯里兰卡总理班达拉奈克访问广济寺。

白塔寺未落实总理批示

相比起来，虽然吴梦麟所在的文物工作队每年还来检查白塔寺避雷针，周恩来总理的修复批示并未能落实到白塔寺。许伟说，当时，总理提出白塔寺中路（即一、二、三殿部分）要腾退、修缮和保护，不是从维护宗教场所立场出发，而是从保护文物和外交关系需要考虑，当年的重点还是腾退。

曾在北京市建设局工作的桥梁修复专家孔庆普回忆，他听说尼泊尔要员来到白塔寺后，看山门没了，就问门上由尼泊尔送来的匾哪儿去了。周总理当时回答，摘下来保存起来了，再追问下去，周总理只能说，可能保存在地下了。

1976年，唐山大地震波及北京，白塔的天盘倾斜，十三天（即相轮）上部与天盘接近的两圈明代砖体崩塌严重，覆钵钵体受到损坏，宝顶的索链8根断了6根，华盖上铜质板有一百多处砂眼裂纹，向内渗水严重，底木糟朽，危及居民生命，文物工作队着手对白塔进行修缮。

时任文物工作队队长赵迅回忆说，1978年，市文物管理处委托市房修二公司，要求排除危险，恢复白塔原状。他没想到现场发现了白塔内部的乾隆御笔手书《尊胜咒》，同时发现的还有一大批清代佛经、佛像，有五佛冠和袈裟等。"白塔寺是皇家护国神王塔，这些文物被发现后，白塔寺成为除故宫外清代资料最全的地方。"杨曙光说。

"当时赵迅、洪欣和我一起负责清理从塔内发现的文物，因为从地面到塔顶很高，我们用篓筐将文物送下，尼泊尔方面提出抗议，说这是对佛教的不尊重，后来，发掘出的大藏经都是用黄纸包裹好再送下来。"

1978年，当吴梦麟从修缮白塔所搭的前所未有、壮观的钢筋架子上爬到高高的塔顶上，俯视白塔寺大街以及整个北京内城时，只有福绥境大楼等几座孤零零的高层建筑，能与白塔比高。

35

林洙，82岁，梁思成第二任妻子，与梁思成1962年结婚，任职于清华大学建筑系资料室。1972年梁思成逝世后，林洙长期负责整理梁思成遗稿。

梁思成：我改造不了了

1972年夏天，瓜蒌的藤爬满我们的小院，挂满了金黄的小圆瓜。这些瓜蒌是一位老人年前来医院看望思成后给的，是他特地从清河镇要来的，说能治肺气肿。但思成已经不在了。

"年纪太大、用处不大、反面教员"

1969年1月26日下午1点，全校师生在大礼堂前的草坪上等待宣读中央文件。当时工宣队成员说有特大喜讯要传达。当时的清华大学革委会主席迟群走上主席台，宣读中共中央转发的、毛主席圈阅的清华大学关于《坚决贯彻执行对知识分子"再教育"、"给出路"的政策》的文件，这后来被称为"清华经验"。

这份文件总结了对知识分子的五种不同政策，包括"资产阶级反动学术权威"。当时清华大学被称为资产阶级学术权威的有一百多人，其中"原土木系主任、一级教授、建筑学反动权威梁思成"和刘仙洲、钱伟长成为批判典型，对梁思成的态度是："年纪太大、用处不大的（如梁思成、刘仙洲），也要养起来，留作反面教员。"会后工宣队的人认为这是对我们的大恩大德，要我谈体会。我说："毛主席的这一伟大政策意义太深刻了，我得好好想想。"我当时脑子里只留下那句"年纪太大、用处不大、反面教员"。

此前在周总理的保护下，1968年底，思成终于得以住院治疗。但工宣队的人26日特意到医院向思成传达了这一文件，我不想与思成谈论它。但从1969年1月26日到2月27日，他的日记里没有写过一个字。

家祭无忘告乃翁

1972年元旦，梁思成再次因感冒复发肺心病住进北京医院。为让他减少病痛，我每天在护士帮助下，为他变换姿势，将他从床上抱到沙发上，再从沙发上抱回床上，慢慢地我一个人就能抱动他了，我抱着他感到一天比一天轻，我的心也一天天往下沉。医院已经下了病危通知书。

因呼吸困难，思成已很少说话，但依然关心国家大事，每天我去医院后第一件事，就是读《人民日报》和《参考消息》给他听。元旦这天的《人民日报》社论谈到统一台湾问题，思成听后说："我很难过，台湾回归祖国那天我可能看不见了，'王师北定中原日，家祭无忘告乃翁'。等到那天，你别忘了为我欢呼。"这是他跟我说过的最后几句比较完整的话。

在思成最后的日子里，他还做了一件事。当时，他最好的美国朋友费正清夫妇来信，希望思成帮他们访问中国。思成不方便直接回信给费正清，让我给周总理写了封信，告知费正清夫妇的请求。当时华罗庚先生也住在北京医院，他跟我说，可以将信传到中南海靠近北海的后门，那里的警卫每天会将所有信送进去，这样总理可以当天阅读。我就将信送到了中南海。同一年，尼克松访华，费正清作为随员得到周恩来长达数小时的会见。可费正清来时，梁思成已经走了。

什么是无产阶级建筑观？

在他生命的最后阶段，有个问题，他始终没有想通，就是什么是"无产阶级教育路线"，什么是"无产阶级建筑观"。他逝世后，我翻阅他的日记，他写道："恐怕我是要戴着花岗石的脑袋去见上帝了。"

6月"文革"开始后，工宣队进入清华校园，因彭真被打倒为黑市委，思成首当其冲。清华造反派的大字报说梁思成是黑市委的黑瓜。思成知道后很坦然，觉得自己是党员，当然要听市委的话，他本人和彭真他们没有任何私交。

思成开始反省被批判的"资产阶级的建筑观"，反省自己受到哪些大师的影响，讲课时什么地方说了错话。但他不能理解，什么是资产阶级建筑教育路线，什么是无产阶级教育路线。有一次他跟我说，"让我从头开始学一遍建筑学，我还是会得出这样的结论"。无论是和陈占祥一起提出的"梁陈方案"，还是古都规划、古建保护，他觉得自己"改造不了了"。后来思成病得很厉害，仍然很关心什么时候复课，同学们大字报写了些什么，让我每天去看了告诉他。他听后，就检查自己。

有一天，我与思成整理残存图书时，看到一对汉代铜虎照片，是他在美国做中国雕塑史研究时收集的流失在国外的雕塑图片。他脱口而出："你看看多……"在"美"字就要出口时，他突然条件反射地改口道："多……多么有毒啊！"因为"美丽"在当时是资产阶级的，是毒害青年的，我们不禁大笑。

这是"文革"中思成为数不多的笑容，他本是个诙谐、开朗的人，他毕生以学术为中心，一旦学术被批倒了，他就失去了支柱，变得痛苦和茫然。我觉得，失去北京城门、城墙，失去帝王庙牌楼，失去了林徽因都没有压倒他，对"大屋顶"的批判也没有击垮他，而今他是真正悲哀了。

思成的追悼会1972年1月13日在八宝山举行，李先念和郭沫若参加了，郭沫若主持，北京市革委会常委丁国钰致悼词，清华有一百多师生被安排来参加。追悼会上的用词很谨慎，说他为我国建筑科学做了一些有益的工作。无论如何，客观上，他的追悼会给了知识分子一些安慰。后来，他们对我传达了周总理的慰问，当得知林徽因的母亲依然健在时，总理很感动，要求照顾好梁思成的家属。总理还特批给林徽因母亲每个月生活费50块钱。

五项球类运动会：狠批"锦标主义"

郭磊，体育收藏在线网站总监，中国收藏家协会体育纪念品委员会副秘书长

▲郭磊提供的体育宣传画。

1972年，为纪念毛泽东"发展体育运动，增强人民体质"题词20周年，在北京、天津、保定、张家口等六地同时举行了全国五项球类运动会。这是1966年后首次举办全国性的大型运动会。当时的《人民日报》报道说，参加这次运动会的运动员、裁判员和工作人员，在赛前普遍举办学习班，认真学习毛泽东"发展体育运动，增强人民体质"的光辉题词和一系列指示，狠批"锦标主义"、"技术第一"的修正主义体育路线等。参赛选手为响应"向工农兵学习，为工农兵表演"的号召，到农村、矿区、部队表演。当时举行这类比赛，我认为主要因为球类比赛是集体项目，可以增强集体凝聚力。

我收藏体育宣传画多年，成套的宣传画总是很难收齐。这张画了喜笑颜开的运动员，上面只标明"1952～1972"，当时根本不会想到这是五项球类运动会的宣传画，只是觉得画片光亮，是"文革"时期宣传画的特色。

后来这幅海报的设计者喜栋告诉我这幅海报的创作故事。当时为了将毛泽东亲笔题的字拓在海报上，他先描着画，因为肯定有偏差，总是不满意。后来他想出一个办法，将原题词做成幻灯片，用光将它打在墙上，再去描那几个字，就与毛泽东原先手书一致了。

1973

国际俱乐部
又及友谊商店

The International Club

关键词：国际俱乐部
包工到户

早在20世纪70年代初期，在京的外籍人士就将这里视作"第二故乡"，他们可以在这里打网球、保龄球，在这里品尝脍不厌细的中国菜——休闲和美食这些"资产阶级的生活方式"在此被允许。这里也是"文革"结束后第一场舞会的举办地，被隔绝在俱乐部里的"欧风美雨"渐渐飘出了这个"对外交往的窗口"。

长安街往东一线，当年的东郊大楼——北京友谊商店，蓝色玻璃上白云聚拢在里面，进门能看到不同于一般商店的"外汇兑换处"。同一侧路西不远处北京国际俱乐部的楼群掩映在盛夏的绿树丛中。1971年进入北京国际俱乐部工作的薛金星说，这都是当年我们种下的树啊，长得真好。周围的一道铁栅栏围墙拆除了，"这个地方不再神秘喽"。

"西绅总会"里的欧风美雨

退伍官兵把守国际俱乐部
李苦禅画作经历无妄之灾

▼20世纪70年代初即进入北京国际俱乐部工作的薛金星站在自己当年亲手种下的树木前颇有"树犹如此"的感慨。

　　1971年薛金星从警卫三师退伍复员，和其他三百名官兵一起分配到了北京市外交人员服务局，"这是经过中央政治局批准，周总理画圈的"。后来这一批人被称为304，多出来的四个人是因为卫戍区加塞了几个。"当时选择人员的标准就是政治过硬，这304个人全部都是共产党员。"服务局再将这304人分配到外国驻华使馆、外交公寓等机构，薛金星就这样来到了北京国际俱乐部。

　　建外大街21号的国际俱乐部其实是国际俱乐部的"新俱乐部"，薛金星介绍："旧俱乐部在1911年就有了，当时是用庚子赔款的一部分建的，在东交民巷，当时叫'北京俱乐部'，面积不大，'七七'事变之前改成了'西绅总会'。俱乐部在解放后才更名为'北京国际俱乐部'。"1973年1月5日，旧俱乐部搬到了建外，这个位置东邻第一使馆区，西边是外交公寓。

"建好后，周总理来过，感觉二层小楼的格局有点小，问这楼是谁主持建设的。当时外交部已经被军管，主持建设俱乐部的是吴文波，当年毛主席的马夫。"后来吴文波就在二层小楼里作了自我检讨。

作为对外交往的一个窗口，俱乐部很重视营造文化氛围。"内部都挂着名人字画，据说李苦禅、董寿平这些大师都被从'五七'干校接回来为俱乐部画画。当时李苦禅的《荷花》有一只翠鸟，七朵荷花，被说成是影射八个样板戏，是'残荷败叶'被收缴。"

▲20世纪70年代中后期，国际俱乐部举办了一系列"老外学太极拳、剑"活动。

网球、保龄球一应俱全
国际友人的"第二故乡"

20世纪70年代初，在附近工作生活的国际友人在工作之余经常来这里挥汗如雨，当年老布什就在这里打球跑步。"外国人喜欢运动，俱乐部里的室内网球馆是利用率很高的场所。"但网球馆没有观众席，这一点被周总理提及。场地利用率很高，"不仅是外宾来打网球，万里、李瑞环也很爱来这里打球"。另外一个利用率高的是保龄球馆，"还是原来的两道保龄球道，分数写在黑板上。负责

地理链接 友谊商店和外汇券

就在国际俱乐部从台基厂搬到建外的时候，俱乐部东侧的一栋大楼也即将竣工营业，北京友谊商店从原来的东华门搬到了这里。和使馆区毗邻，刚刚落成时，工作人员称这栋位于建外的六层楼叫"东郊大厦"，站在东单，原来的友谊商店旧址前能够遥望这栋大楼。

"这里卖的东西有钱也买不到，全部都要用到外汇券。"曾在驻外使馆工作的李洁珣称，当时中国是惟一实行两种货币的国家。"外汇券很吃香，最高的时候是两块多钱的人民币才能兑换到价值一块钱的外汇券。"老布什在这里买过东西，周总理逝世时，邓颖超在这里给总理买了最后一双皮鞋。这里发生的买卖行为当时都联系着重大的外交政治生活。

20世纪70年代末80年代初，就在北京国际俱乐部开始吹进一股清风的时候，东侧的"北京友谊商店"(Beijing Friendship Store)对很多中国人来说还是一个颇为神秘的地方。80年代初，西城区办公室的罗省在陪同市委有关领导进入北京友谊商店参观时，才第一次进入友谊商店。在他的印象里，"就是一个超市，外面买不到的东西这里都能买，质量有保证，价格也公道"。曾经来友谊商店参观的罗省和来友谊商店办事的李洁珣都还记得，他们在友谊商店购买的是同一种物资——黄花鱼。

20世纪80年代初在国旅工作的康夫偶尔带入境团来友谊商店购物，这里出售的都是中国元素，如珠丝、脸谱等等。"管理非常严格，门口有警卫，还要凭护照进入购买。后来门口也相继出现了倒卖外汇的人。"到了80年代末，北京友谊商店的神秘才慢慢揭开，现在人们可以去任何一家商场购物，以更低的价格买到同样的商品。如今，友谊商店外观上的熊猫图样因为年久而黯淡，"兑换外汇"的窗口偶尔有国际友人光顾，抛光地面折射玻璃柜台的光。

▲友谊商店是中国内地的国营商店，最初它只服务于外国人、外交官和政府官员，是计划经济时代的一种特色商店。当中国的糖、油仍实行定量供给的时候，友谊商店里却有大量市面上看不到的商品，如自行车、缝纫机、皮鞋、洋酒等，但这里只收外汇券。

码棒的师傅一晚上下来，累得腰直不起来"。

在薛金星的印象里，70年代初的北京国际俱乐部的活动多局限于接待和体育运动。"当年周总理从首都机场接了外宾，都要经过这里绕一圈去天安门，有时候会来参观。"1974年一个春天的傍晚，薛金星偶然听说周总理要在这里接待一位外籍华人，当时消息都是封锁的。"他们一直吃饭到凌晨4点，之后周总理就领着外籍华人参观了俱乐部。"

"一直吃饭到凌晨4点"并不奇怪，餐饮一直就是国际俱乐部的特色之一。俱乐部的二楼经常举办五百人左右的宴请，这也是当年北京惟一同时提供中西式餐饮的地方。国际俱乐部的中餐是川菜，西式有法式、俄式、意大利的菜肴。薛金星称，现在再也没吃过那么正宗的干煸豆角、鱼香肉丝、担担面。当时北京仅有的几家饭店北京饭店、民族饭店、新侨饭店的外宾经常开着车来俱乐部吃饭，"好吃好玩，国际友人称俱乐部就是他们的第二故乡。"

作为北京国际俱乐部的工作人员，当时和外宾几乎没有什么接触，"只干好自己的服务工作，交流方面都有翻译，要求不能随便和外宾说话"。和外宾接触较多的一个渠道是"接外会"，意思是驻华使馆要宴请宾朋，到俱乐部请餐饮等服务人员去使馆帮忙，一般都是晚上的宴会，资本主义的生活方式也让工作人员大开眼界。但是并没有什么交流，对工作人员的严格要求有一个例子，据说当年还是在东交民巷旧俱乐部的时候，"有个同志'接外会'回来时间晚了，就翻墙进入宿舍，后来市公安局就来俱乐部调查"。

"文革"后的第一场舞会
禁放的电影重回银幕

国际友人的"第二故乡"在20世纪70年代末吹进了春风，"文革"期间被停的舞会在向外交部等有关部门申请后恢复。那是1979年的12月24日，为了欢度圣诞节，俱乐部举行了第一次舞会。在中断了十多年之后，红色中国的舞池又旋转起来了。舞会一般都是在周末举行，后来范围进一步扩大。"一般规定人数在500之内，每张票20元，场场爆满，很多年轻人还在外面排成长长的队伍。"

也就是这个时候，薛金星感到了一种新的气息在逼近，那些在院子里排成长队的小青年在穿着打扮上已经不是清一色的黑灰青，喇叭裤、长头发正在流行。当时在这些舞迷中还有个顺口溜，"攒足了T（钱），到国际，到了国际跳霹雳，喝大啤，诱大蜜……"

舞会上外国进口啤酒十块钱一瓶，"大蜜"是指当时舞会里受欢迎的女舞伴，据说有的留学生为了女舞伴还争风吃醋。事隔多年，北京的顽主们在回忆自己的青涩岁月时，国际俱乐部的舞会变成了标注自我成长的一个桥段。

与此同时，俱乐部开始放起了电影。放的第一部电影是曾被禁放的评剧《花为媒》。后来，《魂断蓝桥》等国外影片陆续上映，从上午到晚上，一场接一场，每场的人都不少。

60年60人·1973

五卷本的"文革"歌曲集

史义军　北京现代史学会理事

这是"文革"时期官方正式出版的第一套歌曲集，不同寻常之处，在于选编者是"国务院文化组革命歌曲征集小组"，选编出版这本书，是为了纪念毛主席《在延安文艺座谈会上的讲话》发表30周年。

此后形成惯例，每年都出版一本《战地新歌》。这就是1972年出版的第二本《战地新歌》（续集），一直到1976年的"第五集"。这些歌曲集都按照同一编辑体例：歌颂毛泽东与中国共产党的歌曲打头，然后分别是反映工业、农业、解放军和其他领

▲该歌曲集的书名取意"战地黄花分外香"，意即这些诞生于"文革"战斗中的新歌比以往的旧歌更"香"。

域的，最后是有关国际形势的。

这些歌曲与"文革"前的许多创作歌曲一样，密切配合政治形势。大多宣唱一阵后就被人们遗忘，只有极个别的歌曲才在一些人头脑里留下特殊印象。其中第三集中的歌曲《无产阶级文化大革命就是好》堪称是"文革"政治歌曲的"压卷之作"。当时中央人民广播电台反复广播，群众演唱会上经常高唱，"无产阶级文化大革命啊就是好！就是好！"

1973年11月10日，北京市《农村情况简报》以《坚持无产阶级政治挂帅，坚决反对个别队"包工到户"的错误做法》为题，批判昌平县百善公社狮子营大队在春耕开始后搞的"包工到户，责任到人"的做法，说他们是"复辟回潮"。刘永德（68岁）、赵云富（73岁）、刘宝玉（79岁）三位亲历者（图中由左至右）共同追忆了这一批判的始末。

"余粮村"包工到户
遭受"复辟"指责

1973年，那是"文革"有所松动的时候，我们的村书记刘永利（已去世）是个能人，脑子比较活络，他当时在村里实行"包工到户，责任到人"，别的村也有，但是我们村干得更好。

"包工到户"解放狮子营村生产力

我们村当时称为百善公社狮子营大队，"包工到户"其实在1963年就有了。当时是三年困难时期过去，形势有点松动，农村很多地方都实行了"包工到户"。

"包工到户，责任到人"的意思就是说，规定一块地十个工一百个工分，分配到个人头上，管理是集体统一管理。这样的话，本来是十天干完的活，有人就会起早贪黑八天干完了。其他两天就能去割草挑土，可以多挣一点工分，这个办法有利于调动大家的生产积极性。

这个办法和最后能够拿到自己手里的粮食并不挂钩，当时的分配原则是四六开，百分之四十按照工分，百分之六十按照口粮计，照顾到没有劳动力的老人小孩。按照劳动集体管理，互相也有监督，生产队长、副队长会组织小组来回检查，不合格的要返工。当时很少会出现偷工减料的情况，农民对地里的事情也从来不会马虎。

精耕细作出的"余粮村"

那个时候我们村有1000人左右，每人有两亩地，大多数都是种小麦，密云水库来的水，真是千里麦田，挺好看的。我们不浪费一寸土地，田地也都不是整齐规矩的，只要是有能够利用的土地，斜一块尖一块我们都种上小麦，实在是犄角旮旯的地方我们就种上树，好多的树啊，那个时候我们村的环境可好了。

村里种粮食精细，这也是我们村的传统，也一直都被称为"余粮村"，如果达到亩产600斤的算是高产地，那么我们村小麦亩产差不多能够到700斤。三年困难时期的时候饿得紧，也没饿死人。

70年代初只能说吃得不好，但是还是能吃得饱。家家户户都养猪和鸡，粮食有富余的掺和点米糠杂草，就喂牲口了。农民舍不得吃的粮食，一般都和城里人换点油盐副食。总的来说，没有到穷得没饭吃的地步，窝窝头就咸菜肯定够吃。70年代，规定我们村每年要上交27万斤粮食，实际交的有30万斤。

"插橛"的村支书成走资派

好像是1973年的夏天，北京市就来了工作组，当时叫做"北京市委农业经营管理组"，也就是市农委，说是要批判我们村的"包工到户，责任到人"，刘永利就被揪出来了，说他是"走资派"，要割"资本主义的尾巴"。

村民没有受到"牵连"，批判的范围没有扩大，我们也不懂什么是"走资派"，就在村里集体批判刘书记，大家喊口号，贴大字报，现在想想挺没道理的。记得当时小学生都站起来说，"不许插橛"，意思是说，不要再在田间地头见缝插针地寻思田地了，大家积极性高的时候，都在地里插上橛感觉是划分地盘一样。

批判之后，村里又实行了"文革"时期的大寨式劳动，就是大家集体劳动，这样一来，大家的劳动积极性也就被打击了。1974年是批邓小平的"复辟思潮"，我们村又被批判了。北京市当时有个话剧《云泉战歌》，说的就是批判"包工到户，责任到人"，当时还给我们村十几张票让组织去看，最后也没几个人去。

"包工到户，责任到人"在70年代来说还是很积极的，但是它不跟分配挂钩，还是不能跟后来的"包产到户"比，交够国家的留够集体的剩下的都是自己的，粮食拿在手里才踏实啊。

到了80年代中期左右，密云水库的水不给我们村浇地了，没水也没法种小麦，现在都成了旱地，小麦都改种了玉米。

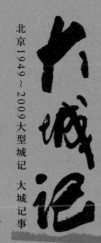

新中国首都60周年

北京1949～2009大型城记 大城记事

大城记

1974

大寨田

Dazhai-oriented agriculture

关键词：大寨田 批黑画

　　"文革"后期，经济政策调整进行中，北京市革委会将建设"大寨田"设为京郊山区的建设方向。各地开始兴修农田水利，大寨形式的"鱼鳞坑"提高了单位面积的生产力，也加大了山体滑坡的可能性。事实证明，在农业生产方式被彻底改造（成联产承包）之前，试图通过农业技术的推广，进而改良亚细亚农业传统耕作方式的尝试，只能制造一场又一场可惊可叹的群众运动。

京郊大寨
及其物质遗产

▲怀柔二道关社员在怀九河"大寨田"劳作。（资料图片）

▲左　怀柔西水峪水库大坝也是学大寨时期所建。

▲右　怀九河沿岸仍有水坝和"学大寨"时根据台地建造的梯田。

早在1964年初，北京郊区多个区县已经赶赴山西取经，"寻找差距"，学习"大寨经验"。在10年以后的1974年1月18日，旧历春节前夕，"文化大革命"的高潮已经过去，全国的经济政策调整继续深入进行之时，北京市委、北京市革委会即首次召开了京郊山区建设会议，正式确立了未来发展的"大寨"方向，"农业学大寨"从此开始在京郊农村全面铺开。

这一年，密云县提出了"一人一亩大寨田，千方百计夺高产"的农业发展目标；无独有偶，这年9月6日，怀柔县委也作出了《全党动员，大办农业，深入开展农业学大寨运动，夺取1975年农业大丰收的决定》，要求平整土地、改革耕作制度，平原水浇地实行7.5尺畦"三种三收"，坡地沟田化、大搞间作套种，山区大挖"鱼鳞坑"，"三类地区，分类指导"，农林副全面发展。

怀柔学大寨的"拼吃"主题

现年75岁的怀柔区原政协主席、"文革"期间曾任怀柔县革委会副主任的刘生元回忆，怀柔的农业学大寨运动"真正发动起来是在1968年县革委会成立之后"，到1978年，大体经过了10年时间。

当时怀柔是北京一个典型的山区农业县，山区占全县面积的近90%，而深山区就达到58.8%。在农业学大寨之前，全县19万人口只有30万亩耕地（据1965年的统计数据），而且大多靠天吃饭，高低不平的水浇地只有12万亩，以生产粮食为主，夹杂少数果林，"北部山区甚至有9个公社在1970年以前根本不通电，别说农田配套设施，老百姓晚上也只能点煤油灯过日子"。

在20世纪60年代中期，人均年收入只有70多元。"粮食不够吃，多数人家一过了秋天就没粮了，只好四处借贷，寅吃卯粮，老百姓把这叫做'探头粮'。全县几乎年年都要吃国家统销粮才能勉强度日。最困难的1972年，甚至从全国12个省市调入粮食，竟达到2318万斤。"

"学大寨"的主题"在怀柔就是'拼吃'，首先保证自给自足，吃粮再也不靠国家。"原任怀柔区党史办调研员、曾参与主编《怀柔建设史》的穆福全也认为，"农业学大寨"能够在怀柔得以顺利推行，一个重要的原因便是"老百姓急于改变贫穷落后的面貌"，通过"自力更生"，改善农田生产条件，"平整土地、兴修水利、发展林业是最主要的工作"。

田地"取高垫低" 兴修水利打造"三保田"

"取高垫低"是平整土地基本原则，但根据山区和平原地区的不同条件，重点又各有不同。山区丘陵地带原有一些坡地，但既不能蓄水，也不能防洪，因此主要是把它们改成梯田。土地不足，就"闸沟造田"，顺着山沟的走势，砌起一层层台地，然后在乱石上垫上厚厚的黄土层。"比如河防口村，本来全是丘陵地带，没有平整土地。通过连续9年的造田，就削平了7个丘陵，填平了21道壕沟，修坝45道，共平整出丘陵梯田1400多亩。"

▶后页 怀柔——渡河仍有学大寨时期建设的四个大粮仓，堪称学大寨的物质遗产。现在被某旅游开发公司粉饰一新，作为当地发展农业旅游的一个看点。

◆ 纪事·1974 ◆

1月18日 中共北京市委、市革委会召开京郊山区建设会议，着重讨论山区建设的方向道路问题。会议提出争取在3年内把山区的全部耕地建成大寨田，粮食亩产过"长江"，实现自给有余等要求。

2月15日 国务院文化组在中国美术馆举办批"黑画"展览，宗其香的"三虎图"、黄永玉的"猫头鹰"等许多作品受到批判。

8月中旬 北京市文物管理处开始对丰台区黄土岗公社大葆台汉墓进行发掘。12月24日，清理完第一号墓，墓室四壁均用方形柏木垒成，是西汉帝王的一种葬制，史称"黄肠题凑"。

9月 北京饭店新楼建成开业，建筑面积8.85万多平方米。

10月1日 北京门头沟区斋堂水库建成，总库容量为5420万立方米。

"平原地区主要的方式则是打破村界和公社界限，重新统一规划，把原本各村相互交叉，你中有我、我中有你的'插花地'连成大片，以利于机械化耕作。"怀柔区原人大常委会副主任、曾任怀柔县革委会生产组组长的龚士俊说，"我们把这叫做'先搭架子后平地'。通过规划，把田地划成许多大约400米见方的条块，中间以田间道路、水区或防风林相隔，然后再在各个小块内进行平整。"

兴修水利也是一个非常重要的工程。平原主要是开挖机井，疏浚河道，修筑水渠行洪；山区则通过修建水库或小型塘坝，限制山洪，涝时泄洪，旱时可以取水浇地，"变'三跑田'（跑水、跑土、跑肥）为'三保田'（保水、保土、保肥）"，穆福全说。

鱼鳞坑——大寨田的本土化改造

平整土地、闸沟造田的同时，种植方式的改变也是提高产量的重要方法。"主要是推广'三种三收'，大搞间作套种。比如在小麦快成熟时，即在田垄中点种玉米；小麦收割之后，再种上生长期较短的杂豆等作物，使原来一年只能产一茬的土地变成可以收获三茬，充分利用地力。"

在北部深山区，山丘坡度过大，土层过薄，实在不便于造田耕作的地方，重点发展果木或者林业。龚士俊说："当时提出的口号是'松柏盖帽，果树缠腰'。"在山顶上大量种植松柏，以防止山体滑坡。稍下的位置，就势开出许多2平方米见方的半圆形地块，每块中间栽种一棵树木，层层叠叠的，像鱼鳞一样，所以也叫做"鱼鳞坑"。有条件的地方则尽量发展果木，比如板栗、核桃等等。"果木上山，清水出川"，既增加了收入，又涵养了水土。

全民动员参与"会战"

怀柔的"农业学大寨"运动，根据工程规模的大小，采取了分级组织的方法。比如像修建大水峪水库等重点工程，单靠某几个大队甚至几个公社都无法完成，于是就有县委出面组织，动员全县劳力参加；稍小一些的也可以由相邻的几个受益公社共同组织；单个公社负责涉及全社的规划建设工程；各村里的则由大队自行解决。

"大型工程都要发动全县范围内的会战。'平调'是主要的人员组织方法，就算不是受益区的人，也都没有任何报酬，甚至还要自带口粮。会战一般在冬春农闲时节进行，不要说农民，县社各级干部也都要推起小车，参加到劳动中去。"龚士俊说，"没有会战的时候，干部们也都有常年驻点村，当时有要求，每个干部每年都要至少保证三分之一的下乡参加劳动的时间。"

经过几年的"农业学大寨"运动，到1978年，怀柔共平整土地约18万亩，闸沟造田新增土地达4万多亩，水浇地增加到21万多亩。1975年，怀柔的粮食总产量达9000多万公斤，首次历史性地解决了当地百姓吃粮问题；而据刘生元提供的数据，到1978年，农业学大寨结束时，怀柔已可上交公粮近200万斤，"虽然这期间也曾经出现过个别盲目冒进，对客观条件考虑不足，甚至破坏生态的事情"。

60年60人·1974

特殊时期的"我注六经"

李驷，男，60岁，图书收藏爱好者

这本《几份宣扬孔孟之道材料的批注》是我1982年找来阅读收藏的，书里讲的是1974年"批林批孔"时对一些孔孟材料的批注，属于内部参阅资料。

1971年"九·一三"事件以后不久，林彪的反革命政变计划《"571工程"纪要》也浮出水面。"571"据说有"武装起义"的意思，纪要中引用了大量的孔孟之道作为理论根据，另外，在林家也搜到了"悠悠万事，唯此为大：克己复礼"和"天马行空，独来独往"等条幅。

没多久，一场"批林批孔"的运动就开始了。《几份宣扬孔孟之道材料的批注》就是对这段历史的记录。书中首批的就是《三字经》，后边还有批《千字文》、批《名贤集》、批《神童诗》等。

《三字经》曾是中国儿童启蒙的识字读本，曾经是中国人记忆最深的读物，用当时的话说就是"流毒甚广"，所以"批林批孔"运动中《三字经》被批得最多最狠。那时候孔子、孟子都被直呼其名为"孔老二"、"孟老三"。"古为今用，洋为中用"，是我阅读完这本书时的题字。现在看来，批《三字经》的大多数观点确实非常牵强，但其中有一些可能也不是完全没有道理，比如，前一阵子CCTV百家讲坛播出的《钱文忠解读〈三字经〉》就曾提到，"人之初，性本善"的"性善说"理解成"人之初，性向善"也许才更准确。

▲虽然是批判孔孟之道的内部参考资料，但这本小书的装帧还是相当传统的。

批黑画——
"中国不是你们画出来的！"

　　我是1970年下放到石家庄附近的李村1594部队干校的，在一起的有吴作人、李可染、吴冠中、黄永玉等人。到那儿去的目的非常明确，就是参加劳动接受改造，所以一开始严格禁止画画。刚到干校，团长给大家训话时就说："中国不是你们画出来的，是我们用枪杆子打出来的。你们要好好改造思想，好好种地。"

"粪筐画家"返京设计壁画

　　后来慢慢自由一些了，大家才悄悄重新拿起画笔。画得最多的是吴冠中和我两个人，我们买来地头写毛主席语录的小黑板制作画板，用老乡的高把粪筐作画架，有人就开玩笑说我俩是"粪筐画家"，所画的内容无非是高粱、棉花、南瓜等等。后来模仿这种方法的人越来越多，居然成了一个"粪筐画派"。

　　来干校之前，我原在中央工艺美术学院担任装饰绘画系主任，之前也曾参加过飞机场壁画的设计工作，可能出于这个原因，1972年的一天，部队的领导忽然把我叫去谈话，说上面来函要把我调去，为正在筹建中的北京饭店新东楼设计一幅大型壁画。周总理特别指出，宾馆布置要朴素大方，要能反映我国悠久的文化历史，要有民族风格和时代风格，要挂中国画，从古到今都要有。

　　1972年底我回到北京，立刻到北京建筑设计研究院上班。按照建筑设计，要为北京饭店新东楼设计一个每面长15米、共计60米、高约3米的大型壁画，主题由我自己来定。

　　当时想这么大的画面，只有长江或者长城一线可以表现，有比较充分的内容可以发挥，而我家住在长江沿线，对这一带比较熟，写生画得多一些，沿线风光也多，可以容纳自然和人文等非常丰富的内容，所以提出了"长江"这一主题，设计组居然一致通过了，这可能跟之前长城画得比较多，长江题材的大型画作比较少有关系。

▲ 袁运甫，76岁，清华大学美术学院（原中央工艺美术学院）教授、博士生导师。1972年底开始，奉命为正在建设中的北京饭店新东楼大堂设计、创作大型壁画《长江万里图》。1973年底，受周总理委派，与吴冠中、黄永玉、祝大年一起赴长江沿线写生，积累了大量素材。但1974年初返回北京时，"批林批孔"和美术界的"批黑画"运动已经开始，《长江万里图》壁画的创作也被勒令终止……

四人3000元长江采风

确定了这一主题之后，我到故宫看了古人许多长江题材的画作，发现大多还是当作纯粹的山水画来画，我觉得这幅壁画肯定要结合当代历史，融进更多的内容，除去自然之外，还要能体现党的革命历程和建设成就。

按照这个设想，我集中精力先做了一个白描稿，在此基础上再做出一个彩色稿。上报北京市领导之后，他们都非常满意，要求根据建筑设计方案缩小比例搞一个北京饭店新东楼的模型，同时按相应比例把壁画也贴在上面。

我记得是在北京饭店老厅内，周总理、郭沫若都被邀请来审稿，在前面陪同的是北京饭店军代表。周总理指示我们到长江沿线进行采风和写生。

除壁画外，北京饭店新东楼还需要大量的装饰画，所以就让我找人一起搜集素材，最后找到了祝大年、吴冠中、黄永玉几个人，都是艺术观点和我比较接近的。上面给拨付3000块钱，作为我们四个人的活动经费。从上海开始，直到重庆，前后100多天，我们几乎走遍了长江沿线所有的重要地方。待我们工作快要结束的时候，突然从北京传出话来，说要我们立刻返回。

"批黑画"导致壁画不了了之

到北京后，才知道"批黑画"运动已经开始，为首的便是黄永玉在离京之前为朋友所画的一幅睁一只眼闭一只眼的《猫头鹰》，其他许多也都是在周总理支持下创作的"宾馆画"。

其实，我们根本没来得及回家，一下火车，就被集中到了北京饭店。当晚就开始审查我们的写生素材，审查人员共有13个人，为首的是中央文革小组美术组组长王曼恬。除去黄永玉因为已被列为"黑画"典型，没有在场，他的写生都由我上交之外，剩下三个人都在外面等待最终的审查结果。但最后也没挑出什么毛病，看得出他们很失望，最后说不要再画了，你们回校闹革命去吧。

否定了周总理认可的长江题材之后，王曼恬等人立刻提出要换成"农业学大寨、工业学大庆"的题材，为此又专门组织了两个小组分别到大寨和大庆考察。赴大寨考察组的带头人在参观阳泉煤矿时从传送带旁滑落下来，送到北京后，很快不治而亡。这时，大庆组还没有出发。

出了这样的事情，"四人帮"很快就宣布北京饭店新东楼的壁画不要再搞了，这场闹剧就此结束。而所谓的"批黑画"运动没有得到毛主席的支持，最后也只好半途而废，不了了之了。

北京1949～2009大型城记 大城记事

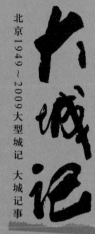

1975

新中国的体育事业，在建设之初，无论是场馆的飞速建设、特色项目的强化训练，还是对参与国际竞争的渴望，一直承受着一种来自外部世界的影响的焦虑。第三届全运会是在"文革"背景下举办的一次体育大会，它一方面展现了新中国的体育成就并为国际赛事选拔了优秀选手，另一方面也是"文革价值观"在大型赛会中的全方位展示——对"锦标主义"的批判抽空了竞技的内核，使它成为了一次狂热的内部大联欢。

第三届全运会

The 3rd National Games

关键词：第三届全运会 时传祥辞世

"友谊第一"
V.S
"锦标主义"

1975年9月的一天，劳动人民文化宫，第三届全国运动会棋类赛场。代表黑龙江队的聂卫平，与代表上海队的陈祖德，各执黑白棋。此时，聂卫平是下放到黑龙江的北京知青，而陈祖德已是名贯天下的"国手"。多年前，聂卫平的师父过惕生和陈祖德的师父刘棣怀，形成了"南刘北过"的对峙格局。

这场比赛最终以聂卫平的胜利告终。

棋类赛差点被取消

　　现年65岁的原中国棋院院长陈祖德回忆起这届距离第二届全运会已有十年的赛事时说，当时国内除了五项球类运动会外，文体活动基本停止了。专业运动员被遣散，教练员在"文革"中无所事事，或者挨斗挨批。"因为所谓'破四旧'，'四人帮'要求砍掉包括围棋比赛在内的很多项目。"陈祖德听说后，写了一封信给陈毅的二儿子陈丹淮，请求不要取消围棋选手的参赛资格。信被转交给了当时主持中央工作的副总理邓小平，他作出批示：将棋类等体育项目保留下来。

　　1972年，陈祖德正在国家围棋集训班训练，得到将要举行第三届全运会的消息，特别高兴。

　　同一年，正在大兴县安定公社接受改造的原西城区政府办公室主任李春龙，接到一纸返城令，市委组织部安排他调到北京市体委。原来，和他曾在同一个公社"改造"的魏明，同年回到了北京市体委担任行政负责人工作。

　　"此前，由于有无线电、射击等军事项目，很敏感，'文革'时对北京市体委进行了军事管制，非常严厉。"李春龙说，"撤销了军事管制后，穿草绿色军装的陆军军代表和穿藏青色军装的海军军代表，逐渐离开了体委。体委只剩下个空架子。"

　　北京市体委从1972年开始恢复正常工作。"设置了竞赛处、群体处，天坛公园里有了教群众太极拳的指导站，区县比赛又开始恢

▲左　台湾省体育代表团在第三届全国运动会开幕式上。

▲右　为突出政治，参加比赛的各省代表团，要按照大会组委会和市革委会的要求，"参加劳动，接受工农兵再教育"。农忙时组织非主力队员去农村劳动。

◀前页　第三届全运会开幕式上的队形表演。

57

复，一批老运动员归队，市体校和各区县体校也开始恢复招收少年儿童学员。"

1973年，国家体委透露出计划举办第三届全运会的消息，各省开始抓全运会的筹备工作。

"当时北京市各区体委从各基层单位和学校调聘教练员，一些老教练也到中学包点训练。当时大专院校少，'文革'时的大专院校很混乱，工商企业也很少招收青年职工，家长就将目光投到体育上来，以求子女能进专业队，免得荒废时光"。

为参加亚运会作准备

举办1975年全运会的一个重要原因，是为组织参加亚运会的队伍作准备。为此，"国家体委作出两项规定：一是在20个主要成年项目中，70%以上的运动员年龄不得超过22岁，这意味着多数'文革'前水平较高、比赛经验较丰富的老运动员不能参加这届全运会。二是增加了8个项目的17岁以下少年组的竞赛。这是为了储备后备力量。"李春龙回忆。

当时北京市的学校、工厂掀起了一阵推荐、审查、测验的筛选风。"当时受'极左'思想影响，每天还要讲半个钟头政治，批林批孔批资批修，反锦标主义，以免被扣上只讲技术不讲政治的帽子。"

后来主编《北京志·体育志》的李春龙说，第三届全运会是在"十年浩劫"期间举行的唯一一届带有"文革"色彩的全运会。

时任国家体委党组织秘书的王鼎华也透露："当时国家体委内部斗争很激烈。"

政治斗争还体现在第三届全运会开幕式上。

1975年9月12日，第三届全国运动会在北京工人体育场开幕。

这是新中国成立以来唯一一次毛主席、周总理没有出席的全运会。朱德和邓小平站在主

▼原中国棋院院长陈祖德参加了第三届全运会，并与聂卫平对弈。

席台上，和他们站在一起的还有张春桥。举着"台湾省"代表队的队员从主席台走过，他们是一些在大陆生活多年的台湾籍人士。开幕式上的团体操《红旗颂》，一如既往地会通过队形表演构成很多图案，除了领袖像等之外，还有当时宣传的热点。王鼎华回忆，邓小平当时在赛前审查全运会团体操时，看到人海拼出的小靳庄图案时说："小靳庄有什么好的，都是国家拿钱堆出来的。"当时陪同的人都很惊讶，因为小靳庄是江青去天津视察时倡导全国学习的"大寨"典范。

要"友谊"不要成绩

时任北京市体委办公室主任的李春龙在群众组织、票务、参赛运动队的交通、食宿工作中奔忙，尤其是票务分配让他头疼不已。"当时文艺活动基本没有，大家都来抢'全运会'的票。大单位要分票，群众也要票，写介绍信要票的非常多，有时外省市代表团之外的副省长要来看比赛，我们也只能回他们'对不起，请去中央要'。"

除此之外，李春龙需要穿梭于各个体育场馆看比赛，每天汇报工作简报、突出事件等。几乎每个赛场场地上都挂着醒目的"友谊第一，比赛第二"的横幅。"受极左思想影响，有些场次没法真正比赛。比如有一场北京网球队的比赛，对方主力队员因伤不能上场，北京队的主力队员也撤下，宁可不争好成绩，也要体现'友谊第一'的方针。庄则栋在闭幕式上发言说，'比赛时，有队员说我忘记带膝上护板了，另外一队队员就说，没关系，我们都是无产阶级嘛。'"

大会组委会同时设立了一项独一无二的"工农兵评论"环节。请来了一千多名工农兵评论员，对每一场比赛进行评论。"队员在场上比赛觉得提心吊胆，唯恐被扣上'锦标主义'的帽子，裁判工作也因此受到干扰。"

但仍有一批年轻的运动员在第三届全运会上扬名。李春龙回忆："比如北京足球队的沈祥福、李惟淼、李惟宵、谷大泉等，最后都成为足球名将。武术队队员全是什刹海业余体校训练仅三年的少年选手，男有李连杰，女有李霞，都在全运会上一举成名。"

"那年北京队取得了成年项目的总分第一名。不管怎么说，得第一总是高兴的。"报道过1975年第三届全运会的《中国体育报》记者朱中良说。

纪事·1975

1月28日 北京市革委会决定成立北京市农业科学研究院。

3月3~6日 北京市环境保护办公室召开密云水库水源保护会议。

5月19日 全国劳动模范、第三届全国人大代表、北京市崇文区掏粪工人时传祥被迫害致死，终年60岁。

6月11日 国务院对1974年12月29日中共北京市委、市革委会要求中央解决北京市交通、交政公用设施等问题的报告作了批复，指出要把北京建成一个新型的现代化的社会主义城市。

9月12~28日 第三届全国运动会在北京举行。北京市代表团获得31个第一名、32个第二名和21个第三名。

9月15日~10月19日 国务院召开全国农业学大寨会议。

10月 全国激光科技成果展览会开幕，北京市在会上展出砷化镓半导体激光器等35项展品。

▲讲述人：时俊英，时传祥长女，原崇文区环卫三队工人；时纯利，时传祥次子，北京市总工会副主席。

时传祥，山东人，15岁进京成为掏粪工，解放后加入崇文区环卫队工作，以"宁肯一人臭，换来万户香"的精神而出名，并被评为全国劳动模范，成为当年家喻户晓的工人代表。

时传祥：俺没出卖工人阶级

我父亲是1975年5月19日在北京去世的。此前曾受过严重冲击。

"四人帮"揪斗劳模

"文革"期间，刘少奇和我父亲握手的一张照片，被别有用心的人认为是他们联系太紧密了。1966年，江青在接见北京大专院校师生的座谈会上说，劳模被他们拉过去了，并点名说，时传祥是个大工贼。张春桥和姚文元也在上海摇唇鼓舌。一时间，社会上掀起了揪斗劳动模范之风。

江青点我父亲名的第二天，崇文区清洁队门前就来了揪斗我父亲的红卫兵。据当时的崇文区环卫局党委书记牧朝铭回忆，他陪我父亲挨斗的场次就有580多场。一天要斗七八场，造反派将我父亲反绑双手，挂着"工贼"、"粪霸"的大牌子，并套上他们用红袖章布做的大红袍，将他押上卡车，在北京大街小巷游街。还让父亲站在板凳上挨批，然后踹倒板凳，让他直直地栽下去。深夜，红卫兵将他逼到猪圈里打他，抓住老鼠往他裤子里放，逼他喝痰盂里的尿……

面对种种污蔑，父亲只说了一句话：我从来没偷过人家东西，怎么就成贼了呢？

劳动英雄参加群英会

父亲15岁时揣着7个糠饼子，徒步走了13天才到北平，开始了"小利巴"的生涯，他将有钱人家的厕所打扫干净了还被骂作是屎壳郎、叫花子。解放后，环卫工人当家做主了，父亲就一心一意工作，血压高达180也不休息，一天背粪桶90多桶。我哥哥结婚，他也没回家。

1959年10月26日，父亲和全国6000多名各行业的劳动英雄参加人民大会堂的群英会，刘少奇说了那段脍炙人口的话：你掏大粪是人民的勤务员,我当国家主席也是人民的勤务员,只是革命分工不同,都是革命事业中不可缺少的一部分。他还赠给父亲一支钢笔,鼓励父亲识字。1964年国庆观礼的国宴上,毛主席给我父亲夹菜,总理举杯跟父亲祝酒。此后,社会风气发生了变化。原先见到粪桶捂着鼻子躲着走的现象少了,看不起剃头的、掏粪的等服务业的风气也改善了。他一心为人民怎么就成了"贼"了?

终生难忘主席接见日

1971年10月,造反派怕我父亲死在队里,将他押送回山东老家齐河县赵官镇大胡庄。

回乡后,父亲因弥散性脑软化症致半身瘫痪,一直昏迷不醒。1972年10月26日,他突然情绪振奋。接近中午时,他对我母亲崔秀庭说,给俺做几个好菜,弄点酒。虽然母亲不知道父亲要做什么,还是弄了三个咸鸭蛋、炒鸡蛋、炒藕条、豆腐。父亲挣扎着穿戴整齐下了炕,一步步挪到桌前坐下,抖着双手斟满酒要跟母亲干杯!

这让母亲悲喜交加,父亲是"回光返照"还是病好了?父亲说,今天是10月26日,1959年的今天,是刘少奇主席接见俺的日子啊!老两口举杯对着八仙桌上方空白的墙壁(那里原来挂他和刘少奇会见的照片)说:"刘主席,俺夫妻敬你一盅!俺相信您,祝您健康长寿!"

父亲哪里知道,刘少奇1969年已在河南开封去世。

1973年,父亲才得知刘少奇已死了四年,叫出一声"天哪!"双手拍桌,号啕大哭,哭到嗓子都哑了。

从此,父亲精神失常了。看到有人穿红衣服,就抡起手中的拐杖叫:"打鬼!"有一次他追打"恶鬼",一棍打空,跟跄扑地。家人和乡亲将他往家抬时,他还挥舞着手臂喊:"刘主席不是工贼!俺时传祥也没有出卖过工人阶级!"

周总理为他平反

所幸在最后两年里,父亲终于能回到北京治疗。

1973年8月21日凌晨,身患重病的周恩来处理完外事与北京市革命委员会副主任万里、北京市公用局党委书记张晓光说到北京环境卫生时,说塑料袋都被风挂到天安门旁的树杈上了,周总理问,时传祥同志在哪?听说已被遣返回乡,周总理非常气愤:"难道'文化大革命'是要打倒一个掏粪工人吗?"当即说:"要把时传祥同志接回来,给他平反,向他道歉,给他治病,落实政策。"

遵照周总理的指示,北京市公用局环卫处长韩志嘉带着一位姓曲的医生，坐火车到济南，转开吉普车然后徒步进村，向瘫在炕上的父亲传达了周总理的指示。当时父亲经常神志不清，但当场就眼泪下来了，颤抖着喊："毛主席万岁，中国共产党万岁！"

韩志嘉请示北京后，本想让父亲乘飞机回京，可因为父亲有高血压和心脏病，不能坐飞机。所以，上海市铁路局空出上海到北京的特快21次列车的两间卧铺，让我们一家人和北京来的医生在1973年9月18日早晨7点15分到达北京火车站。万里亲自去站接，父亲住到了天坛医院，两天后转到宣武医院神经内科，这一住就是一年零八个月，直到去世。

父亲一直希望有更多高学历的年轻人接班。临终时，听说纯利当上了清洁工很高兴。1978年6月30日，北京市总工会、北京市环卫管理局、中共北京市崇文区委在中山音乐堂联合为父亲举行平反昭雪大会。

《 60年60人·1975 》

用知青纪念本做读书笔记

李幼明，男，57岁，退休市民，居住于北京六铺炕

这个笔记本是1974年春，北京市知青慰问团到我所在的内蒙建设兵团慰问时的纪念品，本子正面印有"广阔天地，大有作为——北京市革命委员会赠"的字样，绿底金字。

拿到本子后一直没舍得用，1974年底，我正式回北京，1975年1月1日，听了广播里党中央毛主席的《元旦献词》后，我心潮澎湃，于是伏案书激情，在这个新本子上写了一段以《迎新春，书激情》为题的听后感。此后，这本子就成了我的读书笔记。

1975年，我读了不少书籍和报纸，读后有感的都在这个本子上有记录。这一年记忆最深的就是毛主席对《水浒》的评论，最主要的就是把宋江划为

投降派，搞修正主义。毛主席认为："《水浒》这部书，好就好在投降。做反面教材，使人民都知道投降派。"李逵、吴用、阮小二、阮小五、阮小七等不愿意投降，都成了好样的；而我个人比较喜欢的人物鲁智深，被划为"反动军官"，说他的"提辖"官职相当于"少校营长"，现在想想也挺有意思的。

那时报纸上，不是学大寨就是评水浒，"四人帮"趁机利用评《水浒》大做文章。

后来，我又用这个本子做了英语学习笔记，那个年代学的英语也有时代烙印，比如有一课的标题就是"Study for the Revolution"（为革命而学习），课文中也经常出现Chairman MAO（毛主席）的故事。

长白青松

新中国首都60周年

北京1949～2009大型城记 大城记事

大城记

1976

纪念碑　清明

Mournings

关键词：纪念周恩来
　　　　一个意大利记者在京

这一年的清明节，一个"任何人都无法导演的场面"正在天安门广场上进行，上百万群众自发地在人民英雄纪念碑周围悼念周恩来。"对总理的热爱、对'批邓'的不满、对'四人帮'的不满、全都在这一天爆发了。"1977年1月8日，适逢周总理逝世一周年，一本名为《天安门诗抄》的诗集油印完成，1978年，"四五天安门事件"平反。

天安门广场 "同怀周"

　　开国大典前一天的下午6时，周恩来站在44万平方米的天安门广场上，为人民英雄纪念碑奠基典礼致辞："在中华人民共和国首都北京建立一个为国牺牲的人民英雄纪念碑"，目的是"为号召人民纪念死者，鼓舞生者"。

　　27年后的1976年，1月8日，周恩来去世。在目前世界上最大的广场，人们抬着周总理画像走向人民英雄纪念碑，落款是"您的儿子"，从新年伊始蔓延到整个春天……

"十里长街"之后"相约清明"

"十里长街送总理之后，各单位都不断接到指示——清明节不要去天安门广场，而且勒令商店不许卖白色纸，但是人们心里酝酿着巨大悲伤和对无休止的运动的厌倦。"当年28岁的北京市铁路局工人吴鹏心里估计，"觉得会有什么事情发生。那个时候人们之间的关系还是很紧张，但互相见面经常说一句话，'相约清明'"。

从1月初开始，吴鹏几乎每天都借机经过天安门广场去看看，当时他经常帮别人修相机，偶尔会揣上相机去广场看看。"3月中旬，纪念碑前出现了人们敬献的花圈，但是经常会很快被清理走。大约是23、24日，花圈越来越多，堆放在纪念碑前的时间越来越长了。"陕西户县人民送来的花圈上写了恩格斯说的一句话：这位巨人逝世所形成的空白，在不久的将来就会使人感觉到。

▲&▼1976年清明节前一天，鲍乃镛站在一辆自行车的后座上，用一台借来的海鸥相机，拍摄了这组天安门广场的照片，之后就有了这14张135黑白负片的全景图，作者为其命名为"天安门360°"。这是唯一全景定格当时现场的作品。
（图片由受访者本人提供）

▲2009年7月1日，"童怀周"成员白晓朗在天安门广场东侧朗诵纪念周恩来总理的诗词。

当年任教于北京第二外国语学院的教师白晓朗回忆说，3月30日，人民英雄纪念碑南面的浮雕上面，被人贴上了一篇悼词。浮雕上放置了北京市总工会工人理论组敬献的花圈，有29人签名；3月24日发生了纪念周总理的"南京事件"，3月25日的《文汇报》对总理的攻击受到了民众抗议……

白晓朗认为不能独立地来看4月5日发生在天安门广场上的事情。吴鹏说："其实那个时候各地已经先动作起来了，只是持续时间较短，马上就被压制下去了。"而笼罩在北京的悲伤和愤怒的情绪一直在酝酿中，"林彪事件之后，人们对'四人帮'就产生了怀疑和厌倦，'文革'后期，人们心里对很多事情已经有了慢慢清晰的认识。还有一个重要原因，十年时间，生产停滞，'四个现代化'的目标怎么实现？"在吴鹏看来，那一代人上到中央领导下到贫苦大众，"内心都有一个'四个现代化'情结"。

上百万人聚首悼念周总理

1975年底，科学技术工作者鲍乃镛刚从内蒙借调到北京液压机械厂工作。1976年3月，他的朋友也是样板戏导演张雅心告诉他一个消息："姚文元每两个小时给新华社和《人民日报》打电话，不许记者到天安门拍照，你不是记者，你应该去，这种时候就看你了！"3月底，鲍乃镛借了一台海鸥牌相机小心出没于天安门广场。"便衣很多，路上不断换车。"

4月4日，鲍乃镛在国旗旗杆的东侧，站在了一个加重自行车的后座架上。"当时我俯视周围，这是一个任何人都无法导演的场面。"鲍乃镛采用了电影"摇"的手法来拍摄照片。"为了加大景深，让前后更清晰，我选择了低速度小光圈。如果有一张照片抖动的话，那么这幅全景图中将会有无法弥补的缺憾。"

之后，他为这张照片的命名想了很久，"震撼千古"？"千古震撼"？最后，鲍乃镛给照片取名"天安门360°"。他估计当时的天安门广场上"肯定有上百万人"。原因是，"在44万平米的广场上到处是人，在人民英雄纪念碑周围的人群密度甚至超过了每平方米8人"。

4月5日上午吴鹏来到天安门广场，发现"头天晚上广场上的花圈都被收走了，人们愤怒了，高喊'还我花圈'、'还我战友'的口号，高唱《国际歌》，从大会堂开始手挽手地走，目标是广场东侧的'工人民兵指挥部'，那景象十分悲壮"。吴鹏赶到他们前面拍了一张后来被称为"让我们团结起来"的著名照片，"这一天是整个活动的高潮，对周总理的爱，对'批邓'的不满，对'四人帮'的愤怒，全都在这一天里爆发了。"

当天晚上，吴鹏又来到广场，"突然有很多士兵和警察出现，并从大会堂、历史博物馆，还有南北两侧开始往广场中央收拢。天安门广场响起了广播，'广场上有坏人进行反革命破坏活动'，'要认清这一政治事件的反动性'。大家纷纷朝南侧人少的地方跑，却发现南面也封闭了。当时正好有一辆公共汽车路过，警察让车赶快走，我们几个人就借着汽车的屏障跟着车跑出了广场。"如今吴鹏回忆说，4月5日这一天，北京的公共生活并没有停止，广场只是象征性地戒严，主要还是劝阻。不然他不会抓住那一根救命稻草，那辆从永定门开到北京站的20路。

"童怀周"与"天安门诗抄"

"不是白晓朗，是童怀周。"今年69岁的白晓朗总是不断纠正记者的所指。童怀周并不是一个人的名字，而是一个以汪文风为首的16人组成的小组，小组成员来自北京第二外国语学院汉语教研室，白晓朗是其中重要成员。这个名字的含义是'同怀周'，即共同怀念周恩来的意思。最初曾定名为"佟怀周"，后来更改，理由是他们自认为在周面前是个儿童。

就在人民英雄纪念碑前被花圈覆盖的时候，松林（现毛主席纪念堂位置）上布满了革命诗词，还有人将诗词谱成曲并在纪念碑前教大家唱。"一月初的时候很多人在哭，四月的时候，大家的脸上都是沉默的悲伤和愤怒。"

过去三十多年之后，白晓朗还记得当时妻子写下诗的前面四句：谁爱人民民爱他，纪念碑前见真假。八亿红心归总理，忠魂在天热泪洒。他接下来写：蝇蛆蚊虫臭王八，肝胆吓破肺气炸。躲在阴暗茅坑里，咬碎狗牙又策划。八亿人民不可辱，倚天钢剑手中拿。热血汇成连天浪，红心再造我中华。

1976年10月，"四人帮"倒台，"当时在王府井南口有一个台子，大家都在上面贴标语等。我们教研室自发地想出版一本天安门诗抄，就在上面留言征集诗歌，留下了联系地址，署名'童怀周'。"1977年1月8日，第一本《天安门诗抄》（作品来自全国）油印完成，直到1978年为"四五天安门事件"平反之后，"一共打了16副纸型，全国各地谁来信说需要我们就寄去，后来，这本《诗抄》在全国发行了几百万册"。

歌唱家王昆的 "狱中书简"

这张看起来布满了暗号联络图的信，是1976年我被关在大石桥中央歌舞团的"造反派集体所有

▲这是歌唱家王昆1976年"入狱"期间给探访者的一封文图并茂的信。

制监狱"的时候，我家保姆来"探监"，我给她写的"备忘录"。

1975年，我的老伴周巍峙"解放"了，他坚决不接受"四人帮"把持下的文化部分配的工作，去了人民音乐出版社。1976年周总理去世，邓小平再次被"四人帮"赶下台，我也再次被"四人帮"抓了起来。

我老伴心情不好，犯了心脏病，住在医院里；我的四叔王鸿寿得了癌症，从天津来到北京就医，也借住在我家；大儿子周七月因为"恶毒攻击罪"被判13年，早已经住进了"国有制"的监狱里；小儿子周八月因为家庭出身不好，找不到工作——这个破碎的家庭无人照顾，就请了一位保姆秦阿姨。

6月份的一天，得到造反派头头的同意，阿姨来给我送必要的生活用品。她不识字，我事先准备了这张"图文并茂"的"备忘录"。

第一行画的是一个带皮的花生。是老伴老家的亲戚寄来的，提醒阿姨需要晒一下；第二行画的是一个铜钱，这是要阿姨给周的老家寄些钱去，报答他们；第七八行我现在看起来也觉得很可笑，自己都当了"反革命"了，被人关在禁闭室里，还想着下次给我带镜子和染发水，可见是"非吾罪，虽累辱而不愧也"。

第九行是提醒阿姨给住在我家来看病的四叔解决脸盆和北京粮票的问题。因为当时唐山大地震，大家都住在防震棚里，我怕四叔生活不方便……直到当年的10月11日，天安门庆祝打倒"四人帮"的大游行第二天，我才从那间外面上了锁的房子里走出来。当时我没有先回家，直接到朝阳医院病房接了老伴一起去天安门参加游行。如今看到这封信，真是感慨万千。

意大利记者阿德里亚诺·马达罗（Adriano Madaro）1976年在北京，已经来中国160次。

一个意大利记者
在京的"震惊"体验

我从小就看过《马可波罗游记》，后来通过鲁迅、老舍的作品了解中国，我一直梦想着来中国。1971年，中国和意大利建立了外交关系，我得到了特别签证。

"我已到北京，OK，天气很好"

1976年的春天，我乘坐每周只有一班的班机从巴黎起飞，飞越了意大利、阿尔巴尼亚、伊朗、巴基斯坦和喜马拉雅山脉，最终从新疆进入中国境内。4月29日的夜晚，我走下舷梯，给我印象最深的是候机楼上悬挂的巨幅毛泽东画像。一片黑暗中，头顶上的星星显得格外明亮。如此美丽的星空，在以后我再来北京时是不多见的。

穿淡蓝色套装和黑色搭祥儿白塑料底布鞋的机场服务小姐给我安排了十个人的饭量。机场大厅里有人盘腿坐在地上，手持著名的小红宝书，在激烈地讨论着什么。他们中有一个人会讲英语，对我说，他们在讨论明天由谁去担任机场管理的负责人。

由于没有进城的夜车，当晚我住进了机场附近的宾馆，窗户上像牢房一样装着铁条。在中国的第一个晚上，我睡得很香。第二天一早，国际旅行社委派给我的翻译范同志以严肃而和蔼的口吻告诉我，根据中华人民共和国法律，在中国哪些事可以做，哪些事不可以做。

……我们驶进一条宽阔的马路，范同志马上告诉我，这是长安大街，意思是"永久的和平"，大街通向天安门广场。我们拐入王府井大街，经过一座天主教堂——赫赫有名的东堂。再往前走，可以见到美术馆顶上的黄色琉璃瓦。最后我们停在了一座只有三个立面的俄式建筑前。这种难看的建筑外形，在20世纪50年代的东欧国家很流行，那是新侨饭店。

热情的范带我到了大堂角落的邮局，在那里我发了电报：我已到北京，ok，天气很好。然后几乎等了一整夜，服务员不知摇了多少次铃，总算替我拨通了经西伯利亚到意大利的电话。

"我成了胡同串子"

我每天早上习惯独自在北京的心脏地区漫游，处处都有友好的当地居民，他们好奇地看着我，并不认为我这个老外相机的镜头妨碍了他们的生活。我成了"胡同串子"。

北京人总是笑嘻嘻的，从不与人作对，就连当时的最后一批红卫兵也不例外。他们自豪地把红袖章戴在胳膊上，虽不能行使任何的权力，但仍体现着爱国主义，对此我十分容易理解。

越接近北京人的日常生活，我就越喜欢北京人独有的特点。即使再穷，他们也总是要显出高贵的气质……孩子们带着小马扎去上学，老人们悠闲地抽着长长的烟袋锅，妇女们忙于干家务活，店铺的老板招呼我进他那不太宽敞的铺子逛逛，房子的主人们向我比划着手势，让我跨过门槛，到他们的四合院里做客。

我经常做辨别方向的练习。在平房灰色的屋顶之上，那个最高的金黄色琉璃瓦顶就是故宫，这样很容易找到回宾馆的路。那个年代的北京，能高过故宫太和殿的建筑几乎没有，只要角度对，我经常可以透过树丛，看到故宫金黄色的顶。我的记忆里，夕阳西下，绿荫中的宫殿瓦顶闪闪发光，像是一只巨大的盛满菠菜的大碗上面放着一枚巨大的煎鸡蛋。

我还记得北京有一家不错的饭店，那是一家位于西单路口的伊斯兰风味餐厅，可以喝到冰镇啤酒，这是对外国人的一个特例。当时大部分中国人都不爱喝特别凉的饮料，哪怕是在盛夏酷暑，他们爱喝开水，有时加些盐。

我很幸运，在这个春天，毛泽东还健在，人们到处可以感受到他的身影。

（感谢陆辛先生提供翻译协助）

新中国首都60周年

北京地坛

北京1949~2009大型城记 大城记事

大城记

1977

毛主席纪念堂

Chairman Mao's Memorial

关键词：毛主席纪念堂　恢复高考

香山还是市内？陵墓还是纪念堂？天安门南还是天安门北？在经历了短暂而密集的讨论之后，毛主席纪念堂工程进入到施工阶段。时值"揭批四人帮"和"抓纲治国"，这一工程选择了群众路线，到纪念堂完工，有超过70万人参加了义务劳动。樟木来自黔皖闽，登山运动员送来珠峰石，延河水、雨花石和海峡金砂被浇筑在纪念堂首层建筑中……

天安门广场上最晚近的建筑

1977年9月9日，毛泽东逝世一周年纪念日，在天安门广场南部新建成的毛主席纪念堂北门外，中共中央、人大常委会、国务院和中央军委隆重举行了纪念大会和纪念堂落成典礼。此后，开始接待各省、市、自治区的代表瞻仰主席遗容，截至26日，即已达到26万人。

▲30多年来，建在正阳门之北、天安门之南、原中华门旧址上的毛主席纪念堂接待了前来瞻仰的群众达到1.6亿多人次。

纪念堂一度选址为香山

现任北京市建委专家委员会专家的徐荫培，自1976年9月14日就和来自全国8个省市的设计人员一起汇集到了前门饭店，正式开始了纪念堂的方案设计工作，当年他39岁，正在北京建筑设计研究院第四室任副主任。在他展示的各轮方案草图中，记者看到了一个带有穹顶的方案，十分接近古代陵寝的宝顶。

而在此之前的9月10日晚，毛泽东去世第二天，时任北京建筑设计研究院第六室主任、正在前三门住宅工地参加"以工人为主体的三结合设计小组"的马国馨（现为中国工程院院士、北京建筑设计研究院总建筑师）就被紧急调回了院内。在当晚的会议上，马国馨才知道"主要是讨论主席遗体的安放问题"，备选地点有三个，分别是天安门前、香山和景山。

整整一个通宵之后，他们画出了一些初步设想。第二天下午，时任北京市建委主任赵鹏飞等人来看方案时，要求天安门前的方案"要把大会堂、博物馆和纪念碑等当作整体来考虑，不能改变毛主席原来看过的天安门广场的格局"。之后又增加了中南海、玉泉山等备选地点，并要求发动全国的建筑师共同研究。"当时的思路还很窄，多考虑红旗、红太阳、向日葵、梅花、青松，还有文冠果之类作为装饰。"

1976年9月14日，各省市工作人员集中到前门饭店后，工作方向有了一个明显的变化。"当时已逐渐明确起来，要为毛主席建一座庄严的纪念堂。"徐荫培说。但选址设计组多倾向于让主席安卧于有青山绿水处，并为此提出了"水上日出"、"山顶红星"等方案。"专家组大都倾向于选址香山，无论从技术还是陵园传统文化来说，这都是最合理的选择，也可以使纪念堂、纪念物与香山大风景融为一体。大家其实还没有跳出陵墓的概念，摆脱悲哀的调子。"

秘密的国务院"九办"

1976年9月29日，负责毛主席遗体保护和纪念堂建设的办事机构在西黄城根南街9号成立，出于保密需要，对外称"国务院第九办公

▼毛主席纪念堂工地上锣鼓喧天。（新华社记者 李基禄 摄）

室 "（简称"九办"），""九办"下属的设计小组一开始还称为
"陵墓设计组。"10月8日，中央正式作出了建立毛主席纪念堂的
决定，宣布"在纪念堂建成以后，即将安放毛泽东主席遗体的水晶棺
移入堂内，让广大人民群众瞻仰遗容"。之后，"陵墓设计组"也相
应更名为"纪念堂设计组"。"从这以后，大家的思路便逐渐清晰起
来，用地也开始集中在天安门南和天安门北两处。"马国馨说。

马国馨回忆，1977年10月21日以后，外省市设计人员陆续离
京，之后由北京建筑设计研究院等在京单位的工人、干部和技术人
员共同组成了毛主席纪念堂规划设计组，继续完成综合方案设计；
因工期紧张，此时，各施工公司、市政各种管线、地下工程、建筑
材料以及水晶棺研制已经陆续参加进来，所以"毛主席纪念堂是一
个标准的'三边工程'（边勘测、边设计、边施工）"。

北京建筑设计研究院设计组的班子以四室的人员为基础，再从
各室抽调人员补充。"因为当时四室是保密室，之前为中央服务的
工程都在这里。"马国馨解释，"最初想定为'机密'级，但这一
密级政审极为严格，如果这样很多同志都无法参加了，再说纪念堂
将来总归要对外开放的，所以最后就定成了'秘密'级，由四室副
主任徐荫培总揽设计工作全局。但作为保密工程，所有的工作日记
仍然都要上交。"

为70余万义务劳动者设立接待组

马国馨记得，当时正在揭批"四人帮"、号召"抓纲治国"，
除强调工程的光荣和艰巨之外，还强调要走群众路线。

现年73岁的北京城建集团原办公室副主任张润苍当年作为一名基
建工程兵参与了毛主席纪念堂建设的全过程，"我负责编写工地简

▲左 1977年9月9日，纪念毛
主席逝世一周年暨毛主席纪念
堂落成典礼大会在北京举行。
图为与会代表瞻仰毛主席遗
容。（新华社记者 钱嗣杰 摄）

▲右 毛主席纪念堂设计方案
之一。

报，当年人山人海、车水马龙的会战场景让人一辈子都忘不了"。

除去担任主要施工任务的北京城建工人和解放军战士之外，北京和全国各地自发来参加义务劳动、"向毛主席献忠心"的群众也从未间断，张润苍回忆说"每天都有几千人，工地为此成立了专门的接待组"。到1977年5月底土建工程完成，参加义务劳动的已达到70多万人。

更多的群众则纷纷捐钱捐物，以表示对修建纪念堂的支持——纪念堂内的樟木大部分来自黔、皖、闽三省，是当地群众走遍山坳老林、百里挑一精选伐运而来的；延安和青岛市的园林职工挑选了最茂盛最好看的60棵青松，送到北京，要求栽到纪念堂四周的绿化坪里；著名登山运动员潘多、贡戈、巴桑等12人，将从珠穆朗玛峰顶上带回来的石头标本送给纪念堂工地，于1977年2月与延安少先队员送来的延河水、南京群众送来的雨花石和来自台湾的海峡金砂一并拌入混凝土，浇筑在纪念堂的首层结构中⋯⋯

尴尬的"总工程师"和"奖金之争"

土建工程完成以后，1977年6月，指挥部在工地现场举行了总结工作表彰先进大会，在4400位受表彰的人员中又树立了20名先进标兵。马国馨记得，和他同单位的徐荫培位列标兵中的第19名，"院里安排我为他写篇稿件，以备《北京日报》刊用"。

"当时对知识分子的认识框框很多，我写的时候也十分小心，凡提到小徐的地方我都写上'徐荫培和他的同志们'，表示既突出个人也有集体，没想发表出来时为了突出个人，编辑把后面那半句都删了，好像文中所提的事迹都是他一人干的。"

"尤其要命的是在向报社交稿时编辑随口问我一句：徐荫培在工程中的作用是不是相当于总工程师的角色。我说：差不多是这样！结果文章发表时编辑又加上了一句：'让他担任相当于纪念堂建筑总工程师职务的建筑设计组组长。'院里有人看到这句话引起轩然大波，因为张镈、张开济总工当时60多岁，还都健在，'你才三十几岁就想当总工啦？'结果倒把徐荫培弄得挺尴尬，惹了一堆议论，其实和他一点关系都没有。

在工程进展到后期时，指挥部还发过一次奖金，奖金是20元，

但在设计组也引起了一场争论。北京建筑设计研究院一位领导说："全国人民都在争着为纪念堂工程作贡献，我们拿这奖金合适不合适？"于是设计组支部组织大家讨论。

许多人发言说："应向全国人民学习多作奉献，不能拿这笔钱。"也有一位党员慷慨激昂："为什么不能拿？这是华主席、党中央对我们的关心，我不但要拿，还拿定了，我要把这奖金放在镜框里，告诉我的孩子……"但在马国馨的印象中，设计组最后好像也没拿这20块钱。

60年60人·1977

大庆石化职工亮相

李景春，男，68岁，大庆石化公司退休职工，现居北京

"四人帮"被粉碎后，中共中央于1977年1月19日发出了《关于召开全国工业学大庆会议的通知》。自1964年毛主席发出"工业学大庆"的号召后，这还是第一次召开全国性的工业学大庆会议。

那时我是大庆石化研究所化验组技术负责人，当时要求我们拍张照片展出，把我们大庆石油化工战线质量检验人员一丝不苟严把质量关的风貌展示给出席会议的华国锋等中央领导和全国工业学大庆代表。

"三老四严四个一样"是大庆人的传统作风，平时我们苦练基本功，准、快、及时地配合科研生产，当好科研生产的"眼睛"，迎接第一次全国工业学大庆会议的展览照应能体现我们的优良传统。我们从化验人员中抽调出8个人，身穿白大褂，把托盘天平、滴定仪器和恒温水浴集中到一个大实验台上，作出认真工作的姿态，由大庆石化总厂最权威的摄影师拍下了这张展览照（左三为李景春）。

参加这次会议的有来自全国工业各条战线的代表7000多人，中共中央、国务院授予了全国大庆式企业、全国先进企业称号2126个，授予全国先进生产者称号385人。会议对当时全国工业战线产生了深远影响，对我们大庆职工更是不小的鼓舞和促动。

▲为了普及大庆式企业，"工业学大庆会议"1977年4月20日至5月14日先后在大庆和北京两地举行。图为部分大庆石油化工战线质量检验人员出镜的"展览照"。

冬天里的高考

解放前，我祖父是六安有名的开明乡绅，据说还救过共产党的高级干部。"文革"开始后，我的祖父被下放到了宿松县农村，我父母也以"借调"的名义到了宿松，其实是背着黑锅离开安庆的，我则随父母转到宿松继续读初中，那是1969年。

插队后"偷听敌台"

1970年，我升入宿松县高中。比较幸运的是，不久正赶上后来被"四人帮"诬蔑的所谓"修正主义教育路线回潮"时期，学习抓得紧，课上得也正规。我自己也很用功，成绩一直属于拔尖的。但那时上大学都是采取推荐的方式，主要是工农兵，像我这种出身，根本没有被推荐的份儿。

果然，1972年高中毕业后，我马上被下放到汇口公社三洲大队插队落户务农。虽然没什么希望，去乡下后我仍然非常注意读书，尤其是文史和外文方面的，隐隐觉得这些将来一定有用。外语常看的也就是那本《英语九百句》，有空的时候就悄悄收听国外的广播节目，按那时的话说，是"窃听敌台"。自己胆战心惊的，但其实周围的百姓并不在意，当然他们也听不懂。这个收音机可帮了我的大忙，让我没有完全与外部世界隔绝，视野也算开阔。这期间，就出现了"白卷先生"张铁生，我朦胧意识到，这种情况非常不好，迟早也会结束。

说实在话，我插队期间并没有吃太多苦。因为文笔比较好，经常帮各级部门写材料，所以参加体力劳动的时间可能只有三分之一。只是怎么着也不能提干。

考试过后回村继续劳动

1977年9月前后，父亲从县里来信，说高考马上要恢复，要我报名。起初，对这一消息，我并不感兴趣，觉得还会有政审、考察出身什么的，自己绝不会有什么希望。但父亲接连几封信催促，我就半信半疑地报了名，这时距考试只有一个多月。

外语和文史类课程我都不担心，主要是数学，丢得非常厉害，努力到

▲1977年10月21日，媒体播发恢复高考的消息，并透露本年度的高考将于一个月后在全国范围内进行。有570多万人参加了1977年高考，其中近30万人被录取。安徽六安人高毅（现为北京大学历史学系教授、博士生导师，54岁）参加了"文革"后的首次高考，并被北京大学历史系世界史专业录取。

最后，也只得了48分。但如果单凭成绩，我还是有信心的，觉得自己无论如何都能考上个大学；北大却没敢报，比如我感兴趣的世界史专业，在安徽就只有两个名额。我填报的是上海外语学院，当然，保险起见，在志愿后面添上了"服从调剂"几个字。

希望若有（因为成绩）若无（因为出身），所以没有什么负担。作文题目叫《紧跟华主席，永唱东方红》，我写得激情澎湃。考完之后，我老老实实回到村里，继续劳动。

凭英语成绩被北大相中

现在被北大调剂录取已经不可能了吧，我当年收到北大的录取通知书时也很惊讶。后来想想，这可能是因为我的外语成绩的缘故。"文革"期间，许多人的外语都丢了，我考了111.7分（满分120分），是当年的安徽省单科状元，而外语显然是世界史专业必备的基础之一。

1978年3月初，我乘火车到了北京站，学校的大轿子车已经等在出站口。从长安街经过时，第一次看到了金碧辉煌的天安门。

积压了十年的学生一次集中起来，班里年龄和水平都参差不齐。我们班30多个学生，最大的和最小的就能相差10多岁。跟年龄大的同学相比，除去外语之外，其他科目我还是比较弱，比如历史，实际上都没有系统地学过，仅有的一些基础还是自己看书得来的。但不管如何，好不容易得来的机会，大家都很珍惜，再说经历过"文革"后，不少同学岁数大，思想也比较成熟了，所以班里的学习气氛一直很好。

与工农兵学员有明显隔阂

我们刚入校那会儿，学校里还有不少恢复高考之前进来的工农兵学员。两边来往不多，也有着明显的隔阂，甚至还发生过纠纷，但也只是在38楼、三角地一带贴一通大字报，并没有真正闹起来。那时，大字报还没有被禁止，三角地是最主要的张贴的地方，火药味十足的已经不多，有些思想方面的辩论，最主要的还是用来向校领导提意见，比如要求改善伙食等，还挺见效。这种意见现在都转到校园网的BBS上了吧，作为学生和学校领导的一个沟通渠道，其实很有必要。

我们这一届，北大历史系只恢复了世界史和考古两个专业，这可能和这两个学科跟现实政治联系不太密切有关吧。这时，教学秩序也正在逐步恢复中，有些"文革"期间受到冲击的教师，还没有平反；另外一些人因为与"四人帮"的关系等问题还在接受审查，比如曾参与"梁效"小组的某些教师，我学习期间，就曾有几个人被抓。不过，到1980年以后，大部分都恢复正常工作了。

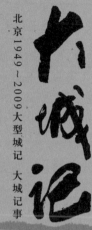

新中国首都60周年

北京1949～2009大型城记 大城记事

大城记

1978

前三门大街住宅楼

Shields between the inner and outer city

关键词：前三门大街住宅楼
伤痕文学

随着返城知青人数的增加，北京市的住宅供需矛盾日益加剧。城墙拆除、护城河掩埋和地铁一期工程结束之后，在前三门一线形成了一道"街面宽阔"的空白。前三门大街住宅楼就在这一狭长的地段上拔地而起，在经历了唐山大地震的阻断和毛主席纪念堂工地对人员的抽调之后，这一当时北京最大的住宅工程终于在万众瞩目中竣工。

十里 "大模板"
填补内外城裂缝

只关上蒙着纱网的防盗门透风，老金从没有客厅的家中踱出来，走到长长的廊道前，对着大开的铝合金窗户，点燃一根烟。夏天的廊道风大，凉快。窗外是车水马龙的宣武门东大街。31年前，13岁的他随父母从西直门的胡同搬进"前三门住宅区"时，同时住进来的多是机关单位员工，有贸易促进会的、法院的，还有民族翻译局的少数民族家庭……那时的窗外，除了有地下铁，不过是几路电车。他喜欢有管道暖气、煤气的楼房，却少了胡同里一起玩耍的小伙伴。

▲前三门大街住宅楼开创了京城住宅建设的诸多"第一"。从侧面仰望，它的外观犹如城墙的横截面，也好似一座丰碑。

补白
在消失的城墙、护城河之上

现在，除了老金这样的"资深住户"外，这座楼里有1/3的房子已经租出去了，一楼就是房屋中介，电梯依然在第4层不停，11楼一起打牌、喝酒的邻居已经搬走了，老金再没理由爬楼梯上去了。楼道里斑驳的墙体，经过多次改造而裂开的管道外壁，比一般老楼宽阔干净、没有堆放杂物的廊道，入住十多年后安装的热水器……楼下的草坪上躺着一个年轻人，有闹中取静的意思。这是北京的前三门地区，曾是内、外城的分界线，也曾是护城河所在。

就在1965年时，前三门地区，流淌了600多年的护城河和它北边的城墙，彻底消失了。时任北京市规划局市政处河湖组负责人文立道说，不像拆城墙争议很大，1959年的北京市总体规划是要明确规定保留河道的，可因为局势紧张，备战备荒，中央下令修地下铁建立战备工程，解决战时疏散问题。于是，地铁修，城墙拆，河道填。"1966年，护城河改建成盖板河，作为排放雨水的暗渠。"这条盖板河就是现在的自行车车道，后来有30多栋前排高层建筑盖在它的北侧，这就是建成于1978年的前三门住宅区。

"统建"
首次大面积推行"大模板"

从今天的崇文门十字路口西南角，一直到长椿街西边、西便门大街南侧的三栋高楼，全长10华里、建筑面积50多万平方米，沿街有31栋住宅楼。"修完地铁后，留下大块的现成的空地，不需要拆迁，安置拆迁户。'十年动乱'，住宅问题欠账太多，矛盾突出，加上返城知青人数不断增多，北京市民的住宅需求也日益加剧，受'住房难'困扰，有关部门无法再用'见缝插针'、'填平补齐'的办法从根本上解决这一问题。"文立道说。《北京志·房地产志》中相关数据表明：1976年城市人均居住面积反而比1957年降低0.34平方米，还不足4平方米。

在这之前的1971年，北京市革委会向国务院作出《关于"前三门大街"建设规划问题的报告》。报告详细考察了前三门一带适合建设住宅的理由：地铁一期工程完成后，从北京站起，经崇文门、前门、宣武门向西北折至复兴门一线，已经形成了一条长达7.7公里的新街道。这条街道横贯首都中心区，地位重要，街面宽阔，有条件建成较好的街道。于是有了1975年6月的国务院85号文件，以及1976年2月10日到12日的工人体育场招待所的前三门工程动员会议——

▼左　和平门百货商场如今成了一家酒店，路人大多各行其是，不会少见多怪地盯着其他行人。

▼右　前三门大街高层建筑的底层，一直设有百货商店、饭店等。图为20世纪80年代初的和平门百货商场。(宋连峰　摄)

前三门统建工程总指挥部技术组组长胡世德回忆说，当时的动员会议有来自北京市建筑设计院、市规划局、市建委等各有关单位的220人参加，时任市建委副主任的李瑞环作了动员报告，提出要在四年时间内将前三门和西二环建设好。当时的建委专门成立了一个基本建设指挥部，指挥部又专门成立了前三门统建工程指挥部。

前三门住宅楼新中国成立后是北京空前的最大单项工程。在动员会上，中央要求北京市的建设迎头赶上，采用效率最高的"统建"，并开始大面积推行内墙大模板现浇混凝土和外墙预制混凝土板相结合的施工体系。

虽然当时没有社区概念，但是全线规划中，也包括了招待所、办公楼、商业服务区以及中小学、街道服务设施和市政公用设施用地。

小平说
"这么小的空间适合我住"

前三门现在的居民提起当年的格局规划，不无怨言地说这种门厅、厨房、卫生间都很小的设计，以及有的楼层将应有的电梯间转化成一居室的情况，明显出自外行的"工农兵大学"毕业的人之手。甚至有专家说，当时规定由工人领导设计，"设计组的专业技术组织工作由两名副组长担任，"胡世德说，"工人为主的口号推动了整个工程。这样特殊的组织形式多少还有'文革'的影子。"

节约是这一时期工程建设的原则，于是有了"以电梯为中心的规划"，胡世德解释在高层建筑中运用电梯后，为了提高电梯的使用率，使用了长廊。也是为了节省，电梯并不是层层停。而没有电梯的楼层应有的电梯间就可以规划成一居室了。整个工程中，按照当时北京市一类高层住宅标准：前三门住宅区的每户建筑面积55平方米，一室户占所有户型的10%，二室户占73%，三室户占13%，每户都有一个厨房和卫生间，以及壁柜和阳台。基本开间分2.7米、3.3米和3.9米三种，以3.3米为主。

1978年10月20日，邓小平在北京市市委有关领导的陪同下视察了前三门新建成的住宅楼。他视察时开玩笑说："这么小的空间，倒是适合我住。"于是他提出了厨房、卫生间面积过小，要提供好一点的设施，提高功能，增加的投资可以从适当降低层高上弥补。而他提出的今后住宅的设计应当力求布局合理，增加使用面积，更多考虑住户方便，尽可能装修美观，直接影响到此后北京住宅楼的建设标准，层高和房屋面积的改动也直接影响了今天的经济适用住宅开发与建设的理念。

两次停工
地震、纪念堂之后"立新功"

1976年的7月28日凌晨3时42分，胡世德被强震惊醒。他回忆说，当时他住的房子有明显的裂缝。当天上午，统建指挥部继续工作，下午，他和副总指挥刘导澜去查看天坛大板楼等高层住宅有无遭到震害，在小公园里用塑料布避雨住了一夜后，29日上午，他才知道唐山大地震波及北京，于是开展前三门在建住宅楼和全市建筑的检查、鉴定和加固。

"前三门工程为此停了两个月，我和刘导澜等人到天津、唐山考察震害区，做出对前三门工程的抗震分析和改进措施，采用现浇内墙和外墙砌筑相结合的内浇外砌体系。"直到今天，前三门住宅区的居民说，虽然房子太逼仄了，但是墙体是真的结实。

除了因地震外的停工，还有一次建设低潮是因为11月24日毛主席纪念堂奠基开工，当时财力有限，从前三门抽调了大批力量，并占用了前三门场地，前三门的总指挥李瑞环同时兼任纪念堂建设的总指挥。

为了更好地服务纪念堂，对前三门的两座旅馆的建设也提

纪事·1978

1月7日 北京图书馆开放一批"文化大革命"时期的"禁书"。

2月12日 北京市革委会决定办好20所重点中小学，包括二中、景山学校、史家胡同小学等。北大附中等也被列为重点学校。

2月17日 教育部决定恢复和办好全国重点高等院校。第一批为88所，其中在北京的有19所。

3月1日 1971年关闭的北海公园和景山公园，经过整修重新开放。

3月 《二十四史》点校本由中华书局全部出齐。

5月1日 北京电视台更名为中央电视台，北京电台更名为中华人民共和国国际广播电台。

5月11日 《光明日报》刊登《实践是检验真理的唯一标准》。

11月14日 中共北京市委宣布：1976年清明节，广大群众到天安门广场悼念周总理、声讨"四人帮"的活动是革命行动。

11月28日 北京市文物管理局成立。

本年 北京前三门大街住宅楼基本建成。总建筑面积近60万平方米，其中住宅面积近40万平方米。

出了要求，要求旅馆为纪念堂建成后招待来京客人用，这两座旅馆分别建在宣武门和崇文门路口，位置重要，结构体系和住宅楼相同。

直到纪念堂工程收尾竣工，前三门逐步走向建设高潮，胡世德还记得当时誓师大会上的标语："抓纲治国举红旗，十里长街立新功"，"拼命大干四个月，三十八栋全矗起"等。1万人的参与建设，45台塔式起重机的统建规模，举国家之力，使得来访的香港传奇人物霍英东羡慕地说："在香港即便倾家荡产，也盖不起这楼。"

工程从1976年5月25日开工，1978年12月底基本建成。胡世德说，此后他一直忙于"公关"，向来自各个单位的参观学习人员讲"北京大模板施工"的课。

白菜堆里"淘"木雕

黄新原（北京科技大学校刊编辑）

1978年，中关村还是一个挺偏僻荒凉的地方。每天我上下班要路过现在海龙所在的位置，当时那里没有高楼，只有一个卖各种杂物的一层大棚，记得大棚里，卖青菜的和卖衣服的共存，什么都卖，现在看来挺难想像的，却是"十年动乱"后难得的民间市场的初现繁荣。

这一年的冬天，大棚里堆满了卖大白菜的，在一个卖白菜摊位那儿，我看到突兀地和一堆大白菜摆在一起的一个木雕，很精致，大致是屈原的雕像，我不知道成于何时，成于何人之手，只是没来由第一眼就很喜欢它，到

现在我也不明白它为什么出现在那里。

当时艺术品市场还没有开放，艺术品交易是被明文禁止的。收藏和买卖古董，都被冠以倒卖文物罪，做这种交易的，都处在地下状态。可能正是如此，这个有20厘米高的木雕才会出现在大白菜堆里。可能卖菜的摊主从郊区或者农村顺带收上来的。我问摊主这个木雕的价格，他开价30块钱，当时青年二级工人月工资41块5，这在当时是一笔巨款了。我砍价到25块，摊主不饶，最后27块钱成交。

现在，这座木雕就立在我家里，也许它已经经历百年，上面的浮土被擦掉后，露出很细腻的木头肌理和历经岁月的光泽。

涂光群，1933年生于武汉，1953年进入《人民文学》杂志社做文学编辑。从50年代中期至80年代初，长期担任《人民文学》小说来稿遴选的负责人，亲历了1949年以后多次文艺创作高潮。从1977年到1982年，《人民文学》共有36篇小说获得全国优秀短篇小说奖，除一篇外，均为涂光群二审推荐。蜚声中外的伤痕文学作品《班主任》、《窗口》等都是经过涂光群和同事们的努力才得以面世。

伤痕文学的"医师"

1977年7月，邓小平复出，他在几次讲话中提出了完整准确地理解毛泽东思想、恢复实事求是的优良传统、教育战线要拨乱反正、正确对待知识分子（包括教师）等等这样一些非常重要的思想观点。我对这些话很敏感，可以说是"闻风而动"。

《班主任》引领"伤痕文学"

当时我是小说散文组的负责人，我和同事就想在北京的教育界寻找一位写小说的。一位叫崔道怡的老编辑告诉我说，他曾经接到过刘心武的投稿，虽说稿件未能用上，但是觉得文字写得还可以。30岁出头的刘心武当时在北京市一所中学教书。一位编辑将编辑部的意图同刘心武说了，大约过了一两个月，他寄来一篇小说新作。

《班主任》立即在编辑部内引起了震动，作为稿件的复审人，我认为刘心武的作品合乎时宜。可是编辑部里持我这样看法的人毕竟是少数。最后文章和稿签同时被送到了张光年那里。

当时中国作协还没有从"四人帮"的破坏中恢复，《人民文学》杂志作为中央出版局的下属单位，连主编都没有，出版局的张光年就相当于代理主编。作为评论家的张光年，综合了大家的合理意见后"一语中的"。他说："不要怕尖锐，但是要准确。老师就应该告诉孩子，怎么读些好书，怎么读书。"

经过心武的再三推敲，《班主任》最后发表在《人民文学》1977年第11期小说的头条地位。编辑部收到了二十几个省区的各界读者来信不下数千封。后来总结出的"伤痕文学"，刘心武的《班主任》是最早的一篇作品。

有位评论家将《班主任》与鲁迅第一篇小说《狂人日记》做了对比：主题同为"救救孩子"，同样发出了"救救孩子"的呼声，这见解深得大家赞同。

《窗口》成道德窗口

在1978年1月，发表在《人民文学》小说头条位置的是一篇陕西作者莫伸写的《窗口》。这篇稿件一寄到编辑部，女编辑就给予了肯定，复审时我也肯定这是属于找回老传统、老作风的主题，也是属于当前拨乱反正——澄清被"四人帮"弄乱了的思想的主题。

小说发表后引起热烈反响，大大超出编辑部的预料，读者来信雪片般飞来，且街谈巷议时常传进耳朵。我在乘公共汽车时，听见一位乘客与售票员对话："你读过《窗口》吗？没有读过，建议你不妨读读，看看人家韩玉楠是怎样为人民服务的……"《窗口》成为一个衡量社会道德水准的"窗口"。

《神圣的使命》笔下留情

1978年春夏之交，《人民文学》编辑部负责人刘剑青将一位作者的手稿交给我，说是一个年轻作者转托冯至同志向我推荐介绍的，此前被我们小说组退稿两次。这就是后来非常轰动的王亚平的《神圣的使命》。

当时不用这个稿子的原因很理所当然。第一，当时十一届三中全会还没有召开，大规模的平反工作还没展开，小说直接描写"四人帮"时期制造的冤、假、错案及其平反，涉及省领导机关，省公、检、法部门中错综复杂的矛盾斗争，事关重大……第二，小说文笔稚嫩，可以说还是一篇"不大成个儿"的作品。

后来我和小说组有关的编辑综合刘剑青、李季（新上任的主编）、冯牧、陆石（时任公安部政策研究室负责人，不久后调全国文联担任领导职务）各家的意见，聚在光年家里倾听他的看法。张光年说："这几年共产党的形象已经被'四人帮'在社会上糟得够苦的了，一些青年人产生信仰危机，笔下留点情吧。"光年提出将小说原写的主要反派人物、"四人帮"的爪牙、省委书记兼省革委会主任徐润成改为仅仅是省革委会副主任，我们对光年的意见表示尊重。

《人民文学》1978年的第9期只发了两篇小说，不知为什么，《神圣的使命》发在小说的第二条，这也许有李季作为主编的苦衷在内。

尽管如此，小说掀起的"波澜"不亚于《班主任》、《窗口》，尤其在政法界。

大城记

1979

北京电视台

BTV's 3 decades

关键词：北京电视台
律师制度

1978年，华国锋将已经运行了20年的国家级电视台"北京电视台"更名为中央电视台。作为地方电视台的"北京电视台"在1979年重新开播，这已经是全国倒数第二家成立的省级电视台。从杉篙搭就的草台班子到今日CBD的视觉标识，北京电视台的发展历程堪称改革开放最炫目的缩影，仅仅用了三十年，它成就了一个永不消逝的电波传奇。

"这里是
北京电视台"

2009年5月16日，主楼高达258米的北京电视台迎来了自己的30周年华诞。由此上溯，越过苏州街、皂君庙，直到30年前的5月16日，它的起步之处还只不过是小西天对面一栋租借来的简易楼房，演播厅甚至由卫生间临时改装而成；更重要的是，那时，它已几乎是全国最晚建立的省级电视台（仅早于西藏电视台）。

广播电台谋划电视台

在1979年前，"北京电视台"这个名号已经存在了整整20年，从1958年5月1日试播，到1978年5月1日，华国锋亲笔将名称更改为"中央电视台"（为便于区别，下文均称"中央电视台"）。一年后，这个同在北京的新台正式开播前，为了和被央视用了20年的那个名称区别开来，关于命名，甚至还曾犹豫不决——

1978年底即被从北京人民广播电台调入出任这座即将成立的电视台第一位播音员的吉天旭（后曾任北京电视台副台长）清楚地记得，至少"首都电视台"曾是备选名称之一，"直到临近开播，才最终决定还是使用'北京电视台'；但大家也一致同意，绝不直接挪用原北京电视台的题字（虽然那是毛主席亲笔题写），而是邀请了景山学校一位叫赵家熹的特级教师重新写成"。

1975年8月进入北京人民广播电台任播音员的吉天旭回忆，早在"文革"期间，北京广电部门（那时还没有成立北京广播电视局，所以所谓的"广电部门"其实主要就是北京人民广播电台）就曾经多次向市政府打报告，希望成立北京自己的地方电视台，中央广播电视局也曾对北京市提出同样的要求。

向阳招待所上的发射塔

但那时的市领导反应并不积极，"那会儿电视还远

远没有普及开来，一般老百姓买不起，他们了解新闻、欣赏文艺节目的途径主要还是通过广播、报纸等等。市领导觉得北京已经有了中央电视台，大事可以上央视，小事只要有广播报纸就够了。再说，正处在'文革'当中，北京也确实没有建立一个新电视台的物质条件"。

1978年10月，林乎加出任北京第一市委书记，不久即拍板决定支持组建北京自己的地方电视台。"最实际的是，他帮助解决了非常关键的发射塔问题。"吉天旭说。当时，北京很少有高度和位置都合适的地方安装发射塔，只有崇文门和宣武门附近的高15层的向

◀前页上　BTV的第一声台号由第一代主持人吉天旭播出。

◀前页下　建台初期，丛薇和吉天旭在卫生间改造的演播室里播报《北京新闻》。

▲左　北京电视台的苏州街台址。

▲右　1979年5月开播仪式后全台职工合影。

阳第一、第二招待所（即后来的崇文门饭店和宣武门饭店）比较理想。

　　这两栋楼本是1977年毛主席纪念堂建成之后，为解决进京瞻仰主席遗容的全国各地代表的食宿问题而建成的。"它们归北京市所有，但管理权属于纪念堂管理局，靠北京人民广播电台自己不可能解决问题。林乎加得知情况后，立即指示向阳第二招待所把第15层划给电视台，楼顶则用来安装高37米的发射塔。"

"你们的噪波太大了"

　　其实，在此之前的1977年2月，北京人民广播电台就已经抽调8名技术人员，成立了电视台筹备组，现任北京电视台转播传送部主任的王喆即是其中之一："我当年刚刚20岁，是其中年龄最小的。"那时正赶上中央电视台进行设备更新，要上马一套彩色晶体管设备，原用的黑白电子管设备统统下马，毫无用处不说，又太占地儿，决定无偿出让。

　　1978年，设备恢复调试完毕后，便迁入了小西天对面选定的台址。这里是北京市成人教育局的所在地。据王喆回忆，刚到那儿时，门口还挂着"上山下乡知识青年安置办公室"的牌子。院内有两栋相连的折尺形三层拐角楼，之前一直租给一所小学使用。"小学搬走，我们就租了其中的一栋。一二层作为机房，三层作为办公用房。"

时隔多年，王喆已经记不清第一次对外试发送信号的具体日期，"起初发射塔上的天线没有着落，就有人在向阳第二招待所15层楼顶上绑了一个杉篙，然后用铁丝折成一个简陋的蝙蝠翼天线。从那天起，每天晚上7点钟开始播放一部电影"。没几天，就有市民打来电话说："北京是不是有了一个新电视台？"工作人员回答："正在筹备中。""也有稍微懂行点的市民进一步反映：'你们的噪波太大了！'"王喆笑着说。

侯宝林称首播"太热了"

直到1979年5月16日开播那天，演播室的情况仍然"很惨"——空间不够，就把原来的一间教室和邻近的厕所打通；但房间高度只有3.7米，无论如何也没法解决，只好将就过去。

王喆记得，首播那天，除去领导讲话之外，还请侯宝林现场说了几段相声。时间已是初夏，再加上强烈的灯光，运转的机器，演播室内闷热异常。当时没有中央空调，只是挂了一台室内制冷机。但噪音太大，只能先放一会儿冷气，开播时就得马上关掉。一段相声说完，侯宝林已是满脸大汗，下来后边解开上衣扇风边往外跑，嘴里还不停地说："太热了！"

"观众朋友，请听音乐！"

1979年2月吉天旭坐在演播室内，第一次开始对外试播。"没有台标，也没有节目。背景就是一面黑白方格，我说了一句：'各位观众朋友们，你们好！请听音乐！'然后拿出事先录制好的磁带，开始配放音乐。那句话我好像说了至少有半年时间。"

放电影也是采用最原始的方法。首先把电影打到一面白墙上，然后用录像机录下来，再转变成电视信号发送出去。"那段时间，电视台连自己的录像设备都没有，反倒不如一般高等院校的电教

▲这是拥有国际一流设备、位于CBD的BTV新址内的演播室。

馆。所以我的一个重要工作内容就是到他们那儿借设备，象征性地给他们一点儿报酬。"中央电视台也是吉天旭常去观摩的地方，"吕大渝、刘佳、李娟等几位央视播音员让我受益多多"。

直到开播在即，电视台才招收到新的播音员。1000多人报名，最后选定了已在北京舞蹈学院毕业留校任教的丛薇。1979年5月16日晚上7点，吉天旭和丛薇第一次正式坐在演播厅发出了这座新电视台的第一组呼号："观众朋友们！这里是北京电视台！这里是北京电视台！"此后的好几年内，北京电视台的播音员（主持人）仍然只有他们两人。而他们还要身兼数任，从前期采访、分镜头本到后期采访，再到剪辑配音、播报都要能独立完成，"连技术人员有时都要充当记者"。

从小西天到皂君庙（1986年），再到苏州街（1990年），地处CBD核心区的、拥有高达258米的主楼的"BTV"正在成为长安街沿线的新地标。

（资料图片由北京电视台提供）

街头美女广告
——"色呆了"

秦全耀，男，55岁，北京南北通资讯有限公司董事长，知名策划人

这张老照片是去年我在国外某网站的旧照片库中偶然发现的，画面主体居然就是1979年我们在北京街头看到的那幅化妆品广告。那是在1979年元月，它极有可能是改革开放后北京出现的第一块美女路牌广告。

这幅广告刚刚立在中国美术馆西边一点的沙滩大街十字路口时，真让我们不敢想像，几乎"色呆了"，来来往往的人都难免要看上一眼。立这块牌子的北京日化三厂，当时是中国化妆品的领军企业，上世纪80年代初电视剧《霍元甲》捧红的"奥琪"抗皱美容霜就是他们的产品。

至于广告上的那个美女，人们一致认为是冷眉。《生活的颤音》中的那个"接吻"的女主角就是冷眉。曾传她为革命不怕拍裸体，从而成为那时的风流偶像。不久，冷眉主演的《苦恋》受到批判，她渐渐淡出观众的视野。

1987年我曾问过日化三厂的销售经理那个广告美女是不是冷眉，她说不是。曾找过明星，但一张口就是三五千。嫌贵，就仿照冷眉画了个"美女"。为此日化三厂花了多少钱？满打满算不到1万5千块。也是，当时我的工资还只有41块5。

周纳新（现年76岁，北京市司法局原副局长）1956年即调入律师协会筹备委员会工作，但从1957年之后，筹委会陷入名存实亡状态，"文革"开始后更是彻底消失。1978年底，北京开始着手恢复律师制度。1979年4月9日，北京市律师协会筹备委员会重新挂牌，那时整个北京只有3名律师，周纳新则是其中最早的回归者……

北京市恢复律师制度

经过建国后对律师队伍的整顿，国民党时期的旧律师或者已经转业，或者被认为思想立场未能改造不适合从事律师工作，少数甚至被关押接受审查，结果，整个北京真正从事律师行业的只剩下了马经武（音）一人。

很多人对律师有偏见

我1954年从中国政法学院毕业后，被分配到保定的河北省检察院工作。大约一年半之后，北京建立了全国第一个律师协会筹备委员会，正急需人手，因此决定把我调去。

1956年我来到筹委会后，主要负责研究案例和编写简报。筹委会最初设在前门炭儿胡同的一个四合院里（后来搬到南长街小桥1号），这里解放前曾是八大胡同之一。这种地方和律师行业本来谈不上任何瓜葛，但许多人认为律师就是专门为坏人辩护的"讼棍"，不光老百姓，甚至一些领导和公检法部门的工作人员，都抱着这种根深蒂固的偏见。在1957年开始的"反右派"运动中，律师行业也成了受冲击最大的重灾户之一。

我因为是刚毕业不久的学生，也没有经办过业务，这才得以幸免。筹委会剩下的我们7个人被转到了北京市高等人民法院，筹委会的牌子也随之挂到了法院门口。

"文革"前夕，我被派到崇文区法院办理案子。"文革"开始后，我当过"黑苗子"，又去了团河"五七"干校。在"砸烂公检法"的狂潮下，律协筹委会连牌子都没有了。一年多以后，我作为带知青的北京干部被派到延安。1973年返京，我不愿再回法院了，就去了崇文区劳动局负责知青安置和调配。

法庭辩论的表演性质

1978年底，北京市高等法院一位副院长找到我，说北京已经准备恢复律师制度，接连找了我三次要我回去。我想自己当初学法律就是奔着律师来的，就又回到了高等法院。我以律师身份接手的第一宗案子是一桩盗窃案，嫌疑人在中科院院内偷了5辆自行车。安排我的目的只是想让大家熟悉一下有律师参与的审判程序，旁听的都是公检法工作人员，等于是我给大家上课。

当时，律师业务暂时归入高等法院司法行政处。除我之外，还有人大一位刚毕业的学生，我们俩一边办案子，一边寻找50年代的那批老律师。很多人心有余悸，都不愿回来。后来高等法院民事庭副庭长周玉玺负责找人，但直到1979年4月9日北京市律师协会筹委会重新挂牌，找到的也只有傅志人、姜浩和我。

那时，公检法部门也刚从"文革"的动荡中恢复过来，工作人员大都是复转军人，他们对于法律和审判、辩论程序都很陌生。所以，刚开始，只要确定有律师出庭，他们大多都很担心。开庭之前，就要求我们把辩护意见透露给他们；到二轮辩论时，如果不事先告诉他们，他们就又害怕起来了。所以，这期间，不少辩护有表演性质。

让辩护人和公诉人平起平坐

那时律师的地位也不高，那种根深蒂固的偏见仍然存在。公检法部门的有些复转军人辩不过我们时，干脆就以权压人："你出去！"让出去就得出去，我们也毫无办法。调查取证也难，很多单位觉得律师就是捣乱的人，有的干脆以"我们这里只对公，而你只代表原告或者被告个人"为由当场回绝。

1979年有一次我代理一个案件，按照习惯提前到法院看看法庭的情况，一到那儿就发现，法官的位子在审判区最上方，公诉人在左侧，辩护人的位子不和公诉人相对，却设在右侧偏下的地方。我问法官这是为什么？对方回答，公诉方代表国家，你只代表被告个人啊！公诉人和辩护人在法庭上的地位是平等的，怎么能把我摆在下面，我据理力争要求挪移位置。吵了半天，对方才终于同意把两个座位平行摆放。

但不管如何，律师制度总算恢复起来了。我一开始主要经办刑事案子，后来接手离婚、继承等民事案件……随着国家改革开放步伐的深入推进，律师制度逐步发展完善，律师业务领域大幅扩展，律师行业也已经过从单纯"国办"到"合作制"再到"合伙制"乃至独立律师事务所的变迁。

1980

潭柘寺重修

Rebirth of Tanzhe Temple

关键词：潭柘寺
　　　　私营饭店

　　潭柘寺是"文革"期间受冲击的众多庙宇之一，宗教活动被停止，"大肚能容"和"开口便笑"被重新涂写成了"唯有英雄驱虎豹，更无豪杰怕熊罴"。潭柘寺是改革开放初期北京文物保护单位修缮的试点，重新开放后的一段时间内，日均来访人数超过一万。此后，戒台寺和八大处也相继得到修缮。

先修潭柘寺
再造京城宗教场所

先有潭柘寺，后有北京城，在北京这一句妇孺皆知的民谚，造就了潭柘寺从古至今的香火旺盛。传说元世祖忽必烈的女儿妙严公主圆寂于潭柘寺；明清两朝，潭柘寺更是受到皇帝青睐。因为是敕建，潭柘寺的规格很高，据说清代宛平县知县来拜山，方丈也只是派一个一般执事和尚应付一下……

29年前的七八月间，130车、卡车、租的轿车一路从南村堵塞到寺门口，而更多的人则从南村步行到潭柘寺。来找杨宝生(时任潭柘寺公园管理处工程组负责人)要票的人就不计其数，"开放后第一礼拜，每天来寺里的人有1万多人，寺里能入嘴的东西都没了"。很多挑着水的农民沿着公路卖水，一瓢一毛钱，当时潭柘寺的票价才一毛钱。

1980年潭柘寺作为公园重新对外开放后，"大年三十晚上，公园员工们回家吃完年夜饭后，还得回寺里，凌晨就开门，因为有很多人要来烧大年初一的第一香。"杨宝生说。

▲唐代武则天万岁通天年间，佛教华严宗高僧华严和尚来潭柘寺开山建寺，潭柘寺成为了幽州地区第一座确定了宗派的寺院……1997年，经北京市政府批准，僧团进驻，潭柘寺恢复了宗教活动。

新诗换旧联
潭柘寺遭受"文革"重创

　　杨宝生生在潭柘寺，长在潭柘寺，他记得解放后潭柘寺就基本没修缮过。"1956年潭柘寺划归北京市园林局管理，最初铁道学院占了潭柘寺一部分房子，北京市第三医院即肝炎疗养所占了中轴线等大部分房子，1965年，大雄宝殿后斋堂漏雨严重，因为修不起，就拆除了。楞严坛在1975年因为年久失修坍陷。"

　　"文革"开始后，疗养院的人开始"破四旧"，将寺里的牌匾、佛像全砸了，石碑全部拉倒，山门前面的石碑倒下来，砸坏了赑屃，断裂的部分被扔到了河沟里。"山门前的两头大狮子，因为太沉，用拔河的绳子套住，用解放车拽也拽不动而幸存下来。"

　　杨宝生记得"文革"时在大殿里办展览，山门上挂着林彪写的"毛主席万岁"，天王殿里的正中安放着毛主席石膏像，原先弥勒佛坐像前左右大柱上的"大肚能容容天下难容之事"、"开口便笑笑世间可笑之人"改成了毛主席的"独有英雄驱虎豹，更无豪杰怕熊罴"的诗词。

　　直到1977年，时任潭柘寺公园管理处主任刘学良将寺内祖师殿下的大悲坛修葺后，请北京市各界领导来参观，领导们觉得修缮得好，就下令对潭柘寺进行修复。

▲左　2009年7月，技师们正在为潭柘寺塑造佛像。

▲右　潭柘寺修复工程组负责人杨宝生出示当年修复时用的笔记本。

97

正在潭柘寺乡插队、学中医出身的杨宝生，经不住刘学良主任几次三番做工作，1978年6月，作为管理处的工程组负责人，才21岁，就接管了整个潭柘寺的修复工程。

师傅带徒弟
前所未有的古建大修

"1978年潭柘寺修复，是建国后北京市最大的文物建筑修缮工程，也是改革开放初期北京市文物保护单位修缮的试点。"杨宝生回忆说，这一次潭柘寺大修，也让杨宝生开始了自己30年的园林古建事业。

1977年，整个潭柘寺公园管理处仅仅8个正式职工，新招4人中杨宝生最年轻，他不懂得工程，当时也没有古建工程方面的书籍，当时不允许做副业——也没有能做古建的民工队伍。

工程组从当时的园林古建公司请来了退休的老师傅孙祖培为瓦作顾问，将房修二公司曾经重建过天安门城楼的王玉璋老师傅请来，当瓦作、用材顾问，由园林古建调到园林局基建处的李宝元工程师请来了退休的韩士栋工程师为结构顾问，田增杰师傅为石作顾问，再加上潭柘寺的老木工何顺之师傅，潭柘寺的大修就这样干了起来。

潭柘寺的修缮采用的是师傅带徒弟的方式——"我从孙祖培师傅那学会了灰浆调制、砖料加工、砌墙抹灰。"修复工程也开始了对社会招工——杨宝生去延庆城关、大兴礼贤和昌平招来了民工队伍。1979年时，为了赶在1980年对外开放，又雇佣了460名民工同时作业。

从1978年到1980年，潭柘寺牌楼、山门、中轴线建筑、西侧建筑等陆续修缮完毕。而寺庙周围的建筑修复工作则一直持续到1985年。

外汇买建材
石鱼和铜锅的传奇

潭柘寺中轴线的油饰彩画工程是由园林古建油画队承担，"原材料"使用的主要是金箔和巴黎绿。当时买金箔要先到中国人民银行办理用金指标，然后才能到南京金箔厂加工订货，申请了好几千具金箔。

巴黎绿当时非常难买，除公安局办理审批手续外，还要办理进口手续和外汇额度。工程组通过园林局基建处终于申请到了外汇指标，进口了改革开放后第一批进口颜料——德国产的"巴黎绿"。

遵照"原工艺、原材料、原做法"的原则，"至今这一彩画工程历经了30年风风雨雨，依然金碧辉煌。后来同时代的戒台寺修复和其他文物建筑的修复就很少用金箔了，当时国力也不允许推广金箔彩画"。

现在寺里花5块钱才能摸的石鱼，是"文革"后依据石鱼的清晰历史照片，用网格纸按比例放大成了原来的尺寸。杨宝生记得他是在一位潭柘寺的老职工家的咸菜缸里发现了作为压脚石的原来石鱼的一小部分。通过琢磨材质、石色、厚度、纹理深浅，敲声响……望闻问切几乎都使上了，"找了多少块，才找到一块最接近原型的，做成现在的石鱼。当时也没有什么意识，做完新石鱼，原来的那块碎片又重新还给人家压咸菜缸了"。

现在天王殿东侧的院落里有一口大铜锅，在施工过程中它险些被当成破铜烂铁卖掉。这口现在看起来尺寸惊人的大铜锅，据说是过去寺中炒菜用的三口铜锅中仅存的最小的一口。它能幸存的原因是："修缮时觉得这铜锅没用，想搬出去卖了，结果被山门卡住了，只好作罢。"杨宝生回忆说。

"1980年潭柘寺对外开放还是为了执行'为中央首长服务、为外宾服务、为首都人民服务'的三服务原则。"杨宝生说，在大修完潭柘寺并对外开放后，戒台寺、八大处也相继得到修缮和开放。

现在的潭柘寺里，"乾隆"和他的两位大员做着出巡表演；大雄宝殿前有法师带着来客参观；1980年一毛钱一张的门票如今已经是40元；一毛钱一块儿的西瓜已经变成了2块钱一碗的豆腐脑。潭柘寺如今是国家4A级风景名胜区，就在2009年6月，北京潭柘寺镇综合开发有限公司成立，全权负责潭柘寺的旅游开发业务。

6月18日 全国政协委员视察北京市环境保护工作，对北京市的环境污染问题提出了批评和建议。

7月1日 北京市邮政局开始试行邮政编码。

7月4日 北京市商店首次出售台湾商品。

7月15日 潭柘寺修复，正式对外开放。

8月15日 国家文物局拨款维修德胜门箭楼、孔庙、十三陵。

9月20日 牛街清真寺修缮工程全部竣工。

9月23日 北海公园举办中秋节赏月游园晚会，由于售票超量、秩序混乱，造成伤亡事故。

9～11月 北京人民艺术剧院《茶馆》剧组应邀赴联邦德国、法国、瑞士三国的多个城市进行访问演出。这是中国话剧第一次出国演出。

9月28日 北京市城市建设开发总公司成立。

9月29日 朝阳区团委和妇联合办的朝阳区婚姻介绍所开业。

11月5日 北京市政府批准首钢公司、内燃机总厂等11个国营工业企业为独立核算、国家征税、自负盈亏的试点单位。

11月8日 中共北京市委决定恢复北京市档案馆。

11月 中共北京市委发出通知，要求进一步落实私房政策。

99

知青返城的大潮令原本就狭窄的就业空间更显逼仄，个私经营的大门就此打开。北京第一家个体饭馆的开办者郭培基当时正在北京内燃机厂当炊事员，家里四子一女，老大是知青，在外地，老四和老五都待业在家。"那时找工作比较难"，郭培基说。于是，他和爱人刘桂仙在翠花胡同开办了第一家个体饭店。

首都第一家"私房菜"

我们的朋友老说别人做的菜都没我们做的好吃。就这样一直被撺掇，1980年，我们写了一封申请函，到干面胡同里的北京市工商行政管理局去申请开私人饭馆。他们也不反对，也不小瞧我们，答应去"请示"。软磨硬缠了两个多月，终于有了消息："饭馆先开吧，营业执照回头再说。"热心的工商局干部还给餐馆起了名字叫"悦宾"。

大胖子记者为开业"添油加醋"

翠花胡同里刘桂仙想要开店的消息让京城各媒体和外国驻京媒体的记者闻风而至。我觉得这事八字还没一撇呢，一概不接受采访。有天晚上，来了个大胖子，他对我说，听说你要开饭馆，我也是炊事员，你如果开饭馆，我也跟着开……俩炊事员要对话，话匣子一下子就打开了。

第二天，看到报纸头版头条，听了广播，我们一下子傻了眼，这都是我说的话！文章写得真好，确实写出了我们的难处，没粮油菜肉怎么开饭馆？大约过了三五天，有人专门给我送上了不限量的粮油供应证。

说实话，粮油供应证拿来后，当时我就傻了，当时面粉1毛8一斤，私下粮票买卖两块钱一斤，这个差价卖出去，我根本都不用开饭馆了，直接卖粮票就发了……后来我总想，送粮油来的人先给我烧了一把火，捧柴的人，恐怕从中央到北京市，大有人在。否则我们怎么能到处开绿灯，从上到下，八方支援。悦宾饭馆的开张，是共产党给打造出来的。它好像不是我们两人开的，是共产党开的。

我们从银行贷了500块钱，去商场里买电冰箱，人家冰箱要1400块钱，经理听说是要开私人餐馆的，二话没说，就在代售的冰箱上划叉，说这有个残废品，400块钱卖给你们。

我从内燃机厂请假时，轰动了全厂。厂长给我派了趟车，要什么东西，就拉回去。我拉了一车砖瓦木料，厂里只收了10块钱，油钱也不止啊。我的同事连炒勺都给我往车上扔。

美国合众社帮着"忽悠"

翠花胡同的三间平房，是内燃机总厂分给我的宿舍。我们考虑腾出一间房做店堂，里面摆上四张小桌子。一家老小住在里面的一间。

我们原计划1980年"十一"开张。9月30日那天早上，我生了火之后就上班去了。我老伴一人在家，就自己琢磨要做点菜，让街坊邻居免费尝尝味道。这时一个憋在我们这的《北京晚报》的记者看到我老伴刘桂仙要升火，意识到这是要开张了，就赶紧跑到电话亭，口述了一则新闻稿给报社。当天晚报上就登出一篇巴掌大的文章，标题是《中国第一家个体饭店开张》。

当天傍晚我下班回家，走到翠花胡同口就走不动了，我心想这怎么了，比大栅栏还热闹。那位胖子记者看到我就说，我都来值班了，你还上班！店堂内外都是满的，菜都卖光了，日本的记者就吃了两海碗我现擀的面条。美国合众社的小胡子记者拍着我的肩膀说，我要在三天之内让整个地球都知道你开饭馆了。

正式开业的第一天，我老伴做了一些"鸭子菜"。当时鸭子便宜，半只才1块多钱，而且不用拿本买。也没酱油，因为买不起，后来有人叫这个店为"鸭子店"。当天晚上，她就有钱去买7只鸭子了，过了一星期，就什么菜都能买了，也能用上酱油了，甚至连区长都端着盆帮我们去找豆腐。后来我们能做出国营饭店都没有的菜肴。

美国使馆最早提出要包桌，后来包桌的预订都排到68天之后了，我们很快就成了万元户。

饭馆门口蹲过便衣

也不都是赞成的。我小孩的同学家长听说我们开私人饭馆，有的就不欢迎我们家孩子去他们家了。也听到有人念叨说，"现在咱们国家搞资本主义复辟，头里那个人是资本主义复辟的急先锋。"我们也害怕，担心有一天自己就被揪出去批斗，所以再累，我们也不敢雇工。

后来有一天，有几个小伙子来我们这吃饭，是国家领导人的孩子。他们一来就找到我老伴刘桂仙说，阿姨，我们吃饭交钱，来捧场，来助威来了。他们一来吃饭，搞得地方上很紧张。后来很多天，都有便衣三两个地分别守在胡同口。可是他们这么一来，也让我和我老伴定下心来。

到了这一年的春节，国家领导人、北京市长都来我们家拜年。我们家世代是农民，我是个草民啊，过年时我给爸妈磕头拜年，给叔叔大爷拜年，现在开了饭馆后，有人给我拜年来了！我是谁呀我，我还是郭培基吗？说实话，当时我都不知道自己是谁了。首长来了后，告诉我们不用怕。在这样的支持下，我们坚持下来。这些年又将距悦宾饭店200米的地方盘下来，又开了一个饭店叫"悦仙"。

自制衣柜万年牢

张斌，56岁，退休职工

1980年时，我刚结婚不久，有了套小房子，却置办不起家具。那时买一个衣柜要100多块，我一个月收入不到80块钱。

那时木料也流行"拼买"，我和朋友为了买到便宜点的木料，跑遍了百子湾仓库、青年路仓库等北京的大木材仓库。一淘到木料，就往家里搬，塞进床底下，等木料攒齐了，才开始动手做衣柜。

那会儿大家都自己做家具，我从书店买了本做木工的书，回家就开工了。我先画出衣柜的样式图，计算出需要多大面积的底

板儿，几扇门，几个隔板，甚至连榫的数量都算好了。

家里地方小，没法儿施展，

就在楼下把木板刨光、砸出卯、削榫，再抱到楼上组装、上漆。我记得那股油漆味儿在新房里弥漫了许久，但我和媳妇还是着实高兴。

这个"万年牢"的三开门衣柜，我原本打算要用上大半辈子的。可随着家里经济条件的好转，笨重的衣柜不免显得寒酸，而且总要被换了组合柜的朋友取笑一番。最后，我决定换套时兴的组合柜，老母亲却舍不得结实耐用的三开门衣柜，把它给"接管"了。

北京1949～2009大型城记 大城记事

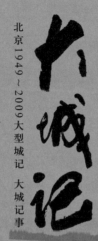

1981

首都博物馆

Wandering of Capital Museum

关键词：首都博物馆
舍利

首都博物馆的筹划、布展及其关闭和重启，一道构成了新中国首都文物保护政策最重要的一则注脚。从模仿苏联模式到文物工作队的入主，再到孔庙内的"寄人篱下"，首都博物馆在展示北京历史文化底蕴的同时，也将自己融入了这个城市的发展脉络。1981，西长安街延长线上，首博终于有了自己独立的馆址。它的总设计者是一位法国建筑师……

筹备28年
"借宿"25年后重生

2005年秋天，西长安街延长线上，一个在脚手架后悄然生长了近4年的庞然大物终于撩开了神秘面纱——折射着光芒的玻璃幕墙、气势磅礴的坡形钢结构棚顶……最引人注目的还要数从楼体东侧墙中斜穿而出的巨大圆柱形青铜容器——按来自法国的总设计师杜地阳的解释，这寓意着在地下沉睡千年的文物破土而出；其他如青砖、瓦墙和木质纹地的墙身，都映写着一个城市的过去和现在。

这是刚落成的首都博物馆新馆。

10月，在武警战士的护送下，首博第一批文物离开了蜗居多年的孔庙。12月16日凌晨3点，人们早早赶到新首博前等待开馆。

上午9点，北京林业大学一年级的学生林征有幸成为第一位观众。

这一天，72岁的东城区工商银行退休职工刘运福，也来到现场，他是1981年10月1日，孔庙内的首博开馆时的第一位观众，当时的门景价格是1毛钱，第一任馆长梁丹亲自陪同他参观完了所有的三个展览——那一天，距吴晗和郑振铎首次提出创建首都博物馆，已过去28年。

比照莫斯科经验筹备

1953年4月27日上午，时任文化部文物局业务秘书的罗哲文一大早就赶到了北京市政府东厅，等待召开关于建立"首都历史与建设博物馆"的座谈会。29岁的他是被邀请专家中最年轻的一位，其他专家包括叶恭绰、常任侠、侯仁之、刘开渠、启功、萧军等各界知名人士共20多位。会议的召集者是北京市副市长吴晗和文化部社会文化事业管理局局长郑振铎。此前，他们刚刚参观了苏联的"莫斯科历史与建设博物馆"。

　　"当时，正是第一个五年计划开局之年，全国也兴起了一股建设新型博物馆的热潮，仅北京就先后成立了中央革命博物馆筹备处、中央自然博物馆筹备处、天文馆筹备处，并开放了鲁迅博物馆和徐悲鸿纪念馆等。因此，仿照莫斯科建设'首都历史与建设博物馆'的设想就此萌生。"罗哲文说。

　　建馆的名称、陈列方案全部比照莫斯科，分为自然之部、历史之部和社会主义建设之部。1954年2月，"首都历史与建设博物馆筹备处"正式成立，由原北京市政府办公厅的朱欣陶任主任，编制共

8人，地点设在北海公园，最初在画舫斋，不久搬到天王殿，与北京市文化局文物调查组合署办公。"其实是两块牌子一套人马。"

现年90岁的首都博物馆离休干部郭子昇说，"当时，北京史研究还没有系统展开，文物藏品也不足，很难在短期内完成历史和自然部分的陈列任务。而在社会主义建设开局的形势下，更需激励人心，所以首先展开的是社会主义建设部分的陈列工作。"

筹备处数次被撤销

1957年3月，郭子昇被调到筹备处："一共有30多人，人手不够，就从山东、开封等地博物馆借调了一批工作人员。我被分派在征集组。"郭子昇记忆深刻的两件收获是在荣宝斋收购的唐代周昉《簪花仕女图》和鲁迅与郑振铎合作的《北平笺谱》。"我去之

▶1981年10月，第一任馆长梁丹（左一）亲自陪同第一位观众参观。（资料图片　首都博物馆提供）

前，好像没花钱买过文物。主要来源是没收汉奸的藏品、单位和个人捐献及银行、公安局没收的东西。"

郭子昇的工作刚展开不久，1957年5月，"反右派"运动开始，筹备处许多人受到冲击，外省借调的人员也都回去参加运动，"工作也停了下来。期间，决定终止筹划中的'社会主义建设之部'的展览。"

1958年，为了迎接建国10周年庆典，决定由筹备处组织一个"十年建设成就展"。"筹备处其实只是负责人员联系，提些建议，具体展品和陈列则都由各参展单位自行解决。"郭子昇说。因为各单位条件不同，进展非常缓慢。1959年上半年搞了几次试展，都没有通过审查。临近国庆大典时，副市长万里只好最后拍板，在孔庙将它办成一个内部展览。

这年底，郭子昇被下放到牛栏山劳动，一年后再回来时，发现筹备处改成了北京市文物工作队。"这时已进入三年经济困难时期。我们所能做的只剩下了根据各地的基本建设情况进行一些抢救性发掘。"郭子昇回忆。

1963年，经济状况略有好转，博物馆筹备处被重新批准恢复，因为中苏关系恶化，名称也改成了"首都博物馆筹备处"。但很快又是"四清"运动，工作又陷入了停顿之中。1968年11月，首都博物馆筹备处被再次撤销，与文物工作队、古书文物清理小组合并组成了北京市文物管理处。"这期间的主要工作一是拣选抢救文物，另一方面便是'为无产阶级文化大革命司令部服务'，陈伯达、康生、叶群等一伙人曾无数次出入府学胡同和孔庙两个存放处，拿走了大批珍贵文物。"

馆庙合一25年

1979年6月，北京市文物局成立不久，第三次启动了首都博物馆的重建工作。"'文革'刚结束不久，没有条件建设一座新馆，最现实的办法是利用北京城里现有的古建筑。而'文革'期间拣选清理出来的大批文物都存到了孔庙，所以，这年9月，选定孔庙后筹备处正式进驻。"郭子昇回忆。

考虑首都博物馆要紧密结合北京的历史和地域特色，所以开馆的基本展览被确定为"北京简史陈列展"。"我们访问了朱家溍、启功、顾颉刚等一批民俗和历史专家。他们认为，三千年建城史、八百年建都史是最重要的一块，而北京长期作为古都形成的民俗世相也是最为丰富的。所以又设立了一个'北京民俗展'。我就主要参加这方面的工作。"郭子昇说，"正式开馆后，1982年、1983年我们又先后搞了场'老北京过年展'、'北京岁时风俗展览'，都是延续了这种思路。直到现在，北京民俗风情仍然是首博常设展览中重要组成部分。"

历经20余年最终"借宿"孔庙的首都博物馆，在这个有700年历史的古建筑群里似乎终于找到了最为谐和的归宿。但"馆庙合一"的局面所带来的限制也很快显现出来。

▲现在孔庙内的碑亭。过去这些碑亭曾被封存起来当作文物仓库。

开馆两年后，孔庙被国务院定为国家重点文物保护单位，从此这里必须保存历史原貌。而首博展厅也因此从未展开过大规模修缮。

郭子昇回忆："冬天没有暖气，只能闭门谢客，孔庙占地面积2万多平方米，可利用的展览面积不超过1000平方米。工作人员不得不把十余座碑亭封存起来作文物库房。由于达不到文物恒温恒湿的保存标准，夏天最闷热时，工作人员每天早晨都要打开书画库房——崇圣祠内的抽湿机，水一抽就是一大桶。"

从1994年起，首博开始申请，希望找到一个新的安身之处。1997年申请获批，1999年7月确定选址，2001年动工建设，2005年底首都博物馆开始迁入新居。今天，这里已成为长安街上一处醒目的地标，更重要的是这里的数十万件藏品，它们讲述的主要是一个从周口店猿人头盖骨开始的漫长故事……

▲首都博物馆曾"借宿"孔庙20余年。

石经山肉身佛舍利发掘经过

▲罗炤，66岁，中国社会科学院世界宗教研究所研究员，参与云居寺石经山肉身佛舍利发掘工作全过程。

1978年我考进中国社会科学院攻读佛教专业研究生，1981春天，临近毕业，进入紧张的写论文阶段。当时，我们租住在北京十一中学的学生宿舍，6人一间房。后来，我决定找个清静地方写论文。1979年我去北京大学旁听宿白先生的课时，他曾带我们到云居寺实习过一次，那里远离城市，安静清幽，给我留下了很深的印象。不久，通过北京市文物局一位干部介绍，我到了云居寺。

这时的云居寺，山门只剩下一个框架，抗战时期日本兵轰炸的痕迹还在。寺里的工作人员在两栋房子间找了块空地。这地方本有三面围墙，第四面用锯木头剩下的板皮钉出了一个透风透亮的简易门，里面两条凳子搭起一条铺板，就成了我的写作间和宿舍。写论文的间隙，我常到对面的石经山上看石经。半年后，我对房山石经了解得越来越多，感情也越来越深。

线索 日本学者的报告

1981年6月写完论文后，我回到了城里。答辩完毕，等待毕业分配工作那段时间，出于对房山石经的兴趣，我找来一些资料研读。有一天，在日本1935年4月出版的《东方学报》第5册副刊上，我发现了京都大学学者冢本善隆所写的《房山云居寺研究》，这也是1934年他带领调查团赴石经山考察后的报告。其中提到，明代万历年间曾在雷音洞发现佛舍利，送到皇宫经皇太后御览后，又送回原处，雷音洞外的施茶亭内曾立有石碑专门记载此事。文章还说，发现佛舍利的是一位叫紫柏的高僧，之后另一位叫憨山德清的高僧又写了几篇文章。沿着这个线索，我果然查到那两位高僧和那几篇文章。

我住在寺里时，从来没人提过佛舍利的事；1956年起，中国佛教协会曾在山上拓印石经两年多，他们的报告中也没有记载。但我判定，佛舍利可能还在雷音洞中。

那时我的兴趣还在石经上。经过半年勘察，我发现石经洞后面的墙壁是人为封上的，因此猜测房山石经的底本可能在里面。我觉得从舍利入手，可能更容易引起重视，于是写信将雷音洞中可能有佛舍利的推断报告给了云居寺文物保管所所长田福月，并提出想去看看。他很快回信说："这是好事，你来吧！"

探路 **石碑是佐证**

1981年11月25日，我又到了云居寺。田福月和我详谈了很长时间，制定了一个初步计划。第二天一早，下着小雪，我和田福月委派的一名叫梅傲雪的临时工直奔石经山。走到半山腰经过施茶亭遗址时，就看到了两尊石碑。这一次，我特地查看了一番，在南边那块石碑上果然刻写着冢本文章中提到的故事。这块石碑进一步证实了我的推测，我们非常兴奋。

我先前进入雷音洞都没太注意地面，因此这次我们特意留心脚下。洞内地面由青石板铺成，走到大约正中位置时，我们却发现了方方正正的一块黄土地。前几天洞里维修，工人师傅落下了一把铁锹。我就取过来，沿着边沿掘那块黄土，发现土下面也是一块石板，大概一米二见方，比其他地方低了约三五公分，上面的黄土显然是洞顶落下来的灰尘积聚起来的，根本撬不动。我对梅傲雪说，咱们抓紧回去跟老田说吧。

发掘 **层层石函护舍利**

田福月马上派人向房山县文化科汇报。当天，房山县文化科长王建中就派崔宝华和房山县文物保管所所长沈书权赶到了云居寺，这时田福月从附近召集了几位民工，制作好了撬石板用的导链、麻绳和木头杠子。

第二天，我们一行人带着工具来到了雷音洞内。石板缓缓撬起来后，下面是一块自然的巨石，但正中凿出了一个一米见方的地穴，里面赫然摆放着一只汉白玉石函，上面"万历"字样清晰可见！

揭开函盖后，里面又是一只暗青色的石函，周身雕满纹饰。揭开盖子，拿上来一看，背面又是几行字，上书"大隋大业十二年岁次丙子四月丁巳……于此函内安置佛舍利三粒……"等字样。

青石函里填满了黑色粉末状或块状的东西，还有香味，明显是香料。把香料拨开，里面是一只更精美的玉石函，上面的字迹有"慈圣皇太后（万历皇帝生母）"等。我们把所有石函取出，拍照记录，把东西运下山去。

到了云居寺，打开玉函，里面居然还有一只银函，又是隋代遗物。根据

▲1981年11月27日，房山云居寺雷音洞内出土2颗舍利，与北京灵光寺的佛牙舍利、西安法门寺的佛指舍利并称"海内三宝"。这个消息1987年才对外公布。图为装舍利的隋青石函。

111

明代记录，舍利显露出来，会放出灿烂的金光，一直等到半夜12点，我们才小心翼翼地打开银函，最里层还有一只羊脂玉小函。揭开最后一层盖子，里面是两颗小米大小的红色颗粒，一旁还有两颗打了眼的珍珠——当然，灿若金光的景象并未出现。

依照青石函的字迹，佛舍利本该有三颗，而且按明代记载，最里层本是一只金瓶。我们推测，可能是佛舍利在明代送入皇宫时，被皇太后拿走了一粒，替换成自己项链上的两粒珍珠，而金瓶也被她换成了羊脂玉小函。这是全世界唯一没有存放在塔里的佛舍利。据记载，明代时曾在上面雕了一座弥勒佛像；雷音寺本就是座佛殿，所以，明代之前，上面最有可能是尊佛像，但也不能完全排除是塔的可能。

国库券图案标明借款去向

刘扬，男，44岁，北京钱币学会会员

▲刘扬拿着1981年发行的国库券。

我1982年参加工作，到工厂做了一名工人，正赶上国家首次向个人发行国库券。个人可以到各商业银行网点主动认购，但那时大家工资不高，绝大部分还是采取摊派方式，按比例从工资中扣除。我每月工资18块钱，但到手的不全是现金，里面总有几张国库券，都是1元面值的。随着工资的增长，不久又拿到了5元面值的。后来我才知道，1981年国库券就已正式开始发行，但那一年主要面向企业，面额从10元到10万元不等，每个企业根据自留利润须按比例购买，个人只是自愿认购。

国库券最初采取分期兑付方式，即从第6年起的连续5年中，按尾号每年随机抽取两个号码兑换，兑现期最长可达10年。从1985年才变成5年固定期兑付。国库券利率可达9%左右，远高于银行存款利率（但均是一次给付，不能累息）。

虽然这样，但那时大多数老百姓都没钱，几年后才能兑现的利息并不能抵消他们手头吃紧的窘迫，当年就有人把国库券打折出售，九折、八折，有的甚至低到五折。社会上也出现了专门倒卖国库券的贩子。有些个体商户也接受国库券顶替现金使用，但要打些折扣。

国库券票面上的图案就是待建设的某项工程，也是这笔借款的去向，其中1981年、1982年票面图案中就有我们非常熟悉的平朔露天煤矿、官厅水库、宝山钢厂等。

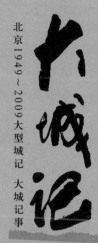

1982

香山饭店

A southern style garden west to Beijing

关键词：香山饭店　良乡影剧院

　　到了1973年，在原香山慈幼院的基础上建成的老香山饭店已被列入危房。1978年，贝聿铭在拒绝了设计长安街建筑之后，决定在香山开展他在中国的第一个设计项目。香山饭店在1982年建成，随后引发了关于"中国传统建筑和现代主义相结合"的大讨论。

贝氏现代园林
坐 拥 西 山

香山饭店通往后院的长廊上有几张黑白照片，表明这个地理空间的存在脉络——香山，

早在金代就已建成皇家园林……乾隆在这建成了"静宜园"；1860年遭英法联军及1900年遭八国联军两度劫掠焚烧；1917年，河北水灾难民涌入北京——熊希龄被北平各界推举主持赈灾工作，为安置受灾孤儿，熊希龄在香山创办了慈幼院(今香山饭店所在地)，并自任院长。附近著名的双清别墅，是熊希龄创办慈幼院期间，为自己建造的住所，相距不过数百米。

▲香山饭店是由华裔建筑设计师贝聿铭主持设计的一座融中国古典建筑艺术、园林艺术、环境艺术为一体的建筑，整座饭店凭借山势蜿蜒曲折，极富视觉冲击力。

老香山饭店成危房

　　"这里以前就是饭店，1957年在慈幼院的基础上建起的香山饭店。"在这里工作几十年的秦峰习惯以老香山饭店和新香山饭店来区分旧貌新颜，"老香山饭店，除了毛主席没来过，其他重要领导干部都来过，他们一般是带着家人周末来，放松两天。"

　　郭沫若为"老香山饭店"题写了饭店名，它隶属国务院，是一家内部饭店。1973年，北京市建筑设计院通过勘察得出结论：香山饭店60多处房屋为危房。是拆还是建？中国工程院院士马国馨记得当时争论很多。就在争论当中，北京市抢险领导小组经过检查认为："香山饭店已破旧不堪，多属危险房，无宜继续使用。"

　　也就是在1973年，秦峰后来听老香山饭店员工讲述："周恩来、万里等到香山饭店视察。周恩来明确表态，'香山还是应该有一个对外宾开放的饭店'。"经过几番争论，北京市决定：香山饭店落地翻建，并下达了相应的翻建任务。1977年香山饭店被列入基建计划。秦峰记得："这是副总理谷牧签了字的，建设一家饭店要惊动中央政府，独此一家。"

　　马国馨则记得："到1978年，新香山饭店要采取何种表达形式，一直没有确定。"

▲ "飞云石"（从云南运来的）和"会见松"（毛泽东曾在树下会见傅作义）都位列香山饭店四绝之中。

115

贝聿铭自选香山做设计

1978年美籍华裔建筑师贝聿铭来到了中国，受到中共中央副主席邓小平的接见。"也就在这个时候，北京市委托贝氏事务所设计新的香山饭店。"在建筑评论家史建看来，"当时正值改革开放，贝聿铭那时已经是在国际上颇有声望的建筑师，而且他家庭背景特殊，父亲贝祖贻曾任中华民国中央银行总裁，贝聿铭也是统战的对象。"

1999年，贝聿铭回忆说："1978年，谷牧副总理请我去谈建筑的问题，请我在长安街边上造高楼，十几层。我对他说，我不想在北京造高楼。他说，既然你不想造高楼的话，你到北京郊外找块地好了！所以找到了香山。"史建称，不在二环内建高层建筑，一直是贝聿铭坚持的原则，"他是一个负责任的建筑师，这个原则也影响了后来北京市政基础建设的决策，例如二环甚至包括三环内建筑的限高。"

曾是建筑系学生"朝圣"地

贝聿铭确定了香山饭店的最终设计方案，提出"围墙内的原有建筑全部拆除"。1979年10月，谷牧签下了两个字：同意。香山饭店翻建工程正式开始。"根据上级领导的批示，北京市建设委员会召集北京市园林局、北京市第一服务局（也就是现在的首旅集团）和老香山饭店的管理层就古建的拆除和古树的迁移和砍伐等问题会商，会后老香山饭店拆除工作开始。"

1980年4月，香山饭店破土动工。这是贝聿铭成名后第一次在美国以外的国家主持项目，也是他在中国的第一个设计项目。马国馨称，当时给予了贝聿铭绝对的发挥空间。老香山饭店的工人还记得

▼左 香山饭店的设计感无处不在，它的标识也是由贝聿铭设计的。

▼右 大堂酷似天井，钢结构支撑着天棚，通透的窗洞则表达了一个公共空间的存在。

贝聿铭多次上香山观察地势、地貌，如何将一个建筑融合于香山之间，童年经验中苏州狮子林的景象闯了进来。一座粉墙黛瓦的典型江南园林式和北方四合院院落形式结合的建筑产生了。

史建称："香山饭店，是一个有意味的误读，当时中国政府希望贝聿铭设计一个完全体现西方最新技术和材质的建筑，而贝聿铭在传统和现代之间找到了一个点。"大面积的白色，城堡式的立面，一个个很有韵律的窗洞，青灰色的磨砖对缝的勒脚、门套、格带和压顶，"但这又是完全意义上的现代建筑"。香山饭店在园林设计方面独具匠心，例如难以翻译成外语的"四绝十八景"（金鳞戏波、曲水流觞等）。秦峰记得："外国人也许难以理解，但是我看到过不少老外就在后院的瀑布下发呆着坐很长时间。"

"香山饭店在20世纪80年代初一直是作为建筑系学生'朝圣'的存在，"史建回忆这栋对中国当代建筑颇有标志性意义的建筑。秦峰印象中，八九十年代，经常有全国各地建筑学院的学生前来参观考察，但近些年少了。

香山饭店引发争论

马国馨无数次来香山饭店，他说："我总是迷路，不是一般的费劲。"向各个方向分散的客房区也有古代园林的曲径通幽，"作为一个旅游饭店，它的方便性不够"。史建说，作为中国现代建筑的朝圣之处，后来也没有模仿香山饭店的。

关于香山饭店的争论也一直不断。马国馨记得香山饭店落成不久，"在《建筑学报》上就发表了一组文章，作为改革开放后外国建筑师在中国的第一件作品，也掀起了中国建筑界对中国传统建筑与现代主义相结合的大讨论。当时有两种意见，一种意见是肯定的，另一种意见提到为了修建饭店砍了一些古树，对香山原有的自然景观造成了一定影响，很多石料都是从云南石林运来的等等，造价太高，当时国家还很穷"。

秦峰记得，"后来核算建设成本的时候，是六七千万元"。马国馨记得后来贝聿铭先生来华访问，"贝先生提到过香山饭店，感到很生气，因为他当初的想法是想要用中国传统手法和材质建设

117

一栋简朴大方的建筑，没想到后来建设成本这么高"。在马国馨看来，"采取严格的磨砖对缝、装饰材质要求原汁原味，一切采取最高标准，造价肯定是要上去的"。

而定位于"旅游饭店"的香山饭店在最初几年都是以接待国外豪华旅游团为主，"当时一般是70美元一天，很多老外都是慕名而来指明要住香山饭店，一个是贝聿铭先生的声望，另外一个在香山饭店开业的时候，众多国际友人到来，肯尼迪夫人、老布什都来了"。香山饭店也对普通民众开放，也有中央众多领导人来此宴请客人，"但是没有在这过夜的"。在北京的高档饭店还很少的时候，香山饭店一些客房被国际大公司常年包住。

如今，香山饭店早已不再是旅游饭店，转型成了"会议饭店"，并接待了几届政协会议代表，秦峰称："大家听说能够住在香山饭店，都特别高兴。"

60年60人·1982

第一代研究生毕业证书

郭方，1948年生，北京人，1977年考入北京大学历史系。社科院世界历史研究所研究员，博士生导师

我是1977年11月15日才知道恢复高考的消息，当时我在山西劳动，距离高考只有15天时间了。父亲病危，我回到北京在西城区的一个学校参加了高考，高考结束我父亲就去世了。当时我已经是"超龄"考生，主要是靠着脑子里的货。

当时都不知道自己考了多少分，就知道考上了，1997年"高考二十年"的时候，有记者来采访我去档案馆查，我才知道自己是当年的状元，不包括英语成绩，四门一共考了375.5分。入学的时候历史系一共不到20个学生，两个月过后，进来了十多个特招生，薄熙来就是其中之一。我当时年龄很大了，比我们班最小的要大一轮。大家的关系有近有远。

1979年，当时有个政策，就是本科没读完可以考硕士，但是当时北京大学要先考我，看我是不是掌握了大三、大四的知识。之后我就报考了社科院，以专业第一的成绩被录取。1982年，我拿到手里的是硕士毕业证，当时社科院院长是周扬，我一直都没有得到北京大学的本科毕业证。

京郊农民自建影剧院

　　良乡影剧院是北京市第一个由农村自办的影剧院，它的"设计感"和"娱乐属性"让它在建成初期堪称良乡地标。现年86岁的安沛云曾任良乡公社党委书记，在影剧院的建设和运营过程中，他上了又下，下了又上……

　　解放前，良乡是河北的一个县，在文化路上有个县委礼堂。1958年的时候，良乡和房山合并，都属于北京管辖了，礼堂到了70年代已经破损不堪，下雨都漏水。

设计、建材都是集大成

　　1981年的时候，高海亮副县长跟我说，北京市文化局要在郊区搞三个试点，每个点给20万，其他需要的资金自筹，他动员让我试试看。我说能不能给30万，市文化局和县里的人还来调研了好几次，也没有一个具体的表态。我就开始动手干起来了。当时我们的目标就是建一座"五十年不落后的影剧院"。

　　当时我是良乡公社的党委书记，公社里有一个建筑队，以建筑队为基础先组建了一个施工队。先要有图纸，怎么办呢？我们几个人去北京市、天津市各个地方参观调研，最后决定融合几家特色：门脸是天津新星影剧院的门脸；礼堂参考的是矿山机械厂礼堂，瓦罐形的，盛下的人多；舞台大梁参考的是二炮。我们去北京、天津三四趟啊，当时没有钱，我觉得心里过意不去，怎么说也是个小头目啊，每次都拿出10块钱请大家吃个饭。

　　预计建设影剧院需要100万，但当时一分钱没有。以前我在良乡物资局干过，我就去要大木头，当时各个方面都还挺支持我们，二话没说给我们批了大木头。以前我还在石楼公社干过，我下面的一个人打着我的名义去公社借钱，人家很爽快地借给我们几万块，还给了粮食，连借条都没要。就这样，我们东拼西凑准备开始建设良乡影剧院。

影剧院开在菜地里

　　可是，中间起了很多波折。1982年国庆前后，建筑施工队的书记煤气中

▲良乡影剧院现在的门脸被改成了玻璃幕墙。

毒死了，我缺了一个得力的帮手。我自己呢，领导找我谈话，说你也59岁了，到了退居二线的时候。我说我能上能下啊，没关系。结果我也没当影剧院建设的第一负责人，我让贤了。新来的领导不懂建设，影剧院的工程闲置了几个月没动静。

到了1983年的时候，上级领导又找我谈话，说这个工程还要让我负责干下去。当时良乡镇上花500元从部队买了一个旧的美国吉普，说让我跑料用。需要水泥，去找琉璃河水泥厂，人家也给我们批了，需要大石头，去了房山的大石窝子镇要。我们公社有个砖厂，可以自给自足。

我记得我们去北京买窗帘的时候，一大捆六十斤，我们不舍得一毛五的运费，就自己扛到汽车站，一毛五不是能够买根冰棍吗？到了1984年国庆前的时候，良乡影剧院盖好了，准备在国庆前开业。开业的时候很热闹，当时良乡镇附近就是这么个不错的楼，旁边很多都是菜地。

北京市文化局说我们的影剧院如果是全民制，才能给我们许诺的20万，但是郊区的影剧院不都是大集体吗，结果我们一分钱也没有拿到。幸好那个时候，办事比较容易，我们影剧院借债不到十万，影剧院开业一段时间后，我们就把借的钱还了。上级领导说，良乡影剧院不应该只是为良乡公社服务，应该为大众服务，给了我们10万块。我在开业初干了几年，后来又下了。什么奖励都没有，就是偶尔开会会让我说这一段，我退休的时候是"四好"退休干部。

多种经营改善影剧院效益

良乡影剧院大厅和楼上一共能够容纳一千多人，很多名角都来演过，梅葆玖也来过，有的时候座位爆满，也没有走后门的，我们经常会送一些票给老干部。

到了80年代末的时候，良乡影剧院经营不善有负债，领导又把我请了回来。我感觉光靠放映电影肯定不行，就引进了蹦蹦床、儿童游戏机、台球室、后面出租办旅馆等，搞多种经营。这样效益又慢慢好了起来，我感觉小平南巡讲话之前的一段时间，影剧院的气氛是最好的，每天来玩的人都很多。那个时候，电影的内容很热闹，跳舞的，港台片打打杀杀的。

干了几年我又下去了，但是我一直都住在良乡影剧院旁边，看着这里变得越来越繁华，良乡影剧院就是门脸改成了玻璃墙，其他都没变，每天都放电影，票价比城里便宜，门面出租也很多。我们当时的目标是"五十年不落伍"，你觉得这个目标达到了吗？

新中国首都60周年

北京 1949~2009 大型城记 大城记事

大城记

1983

马克西姆餐厅

French flavour at Chongwen Gate

关键词：马克西姆餐厅　春晚

　　在改革开放前，"老莫"和"新侨"为京城食客们提供了对西方餐饮的想像。1983年在崇文门这一"神奇的场景"中，一家由时装设计师经营的法式餐厅开业。"裸体壁画"、"万元户"消费群体和本土摇滚乐手的演出，一起拼贴出了这家"纯资本主义性质的高档餐厅"的气质。

皮尔·卡丹
开设"神奇"餐馆

崇文门法式餐厅的创建人皮尔·卡丹曾说:"如果我能在北京开马克西姆,那我也能在月亮上开马克西姆!"在餐厅顺利开业之后,这位时装设计师又说:

"再也找不到更神奇的场景来放置这神奇的餐馆。"

北京的这家餐厅是马克西姆在巴黎之外的第一家分店,不久便陆续开到了伦敦、纽约……

1983年9月26日晚间,北京一家餐厅开业的消息居然登上了中央电视台的《新闻联播》节目。这家位于崇文门西大街2号崇文门饭店二层的餐厅,从外边看上去似乎并不起眼,但"马克西姆"或者"Maxim's",这样稀奇的招牌后面到底隐藏着怎样不一样的秘密?在最初的一段时间中,对于多数普通北京人来说,所能做的还只是站在门口悄悄地向里探头观望;那时,他们更不知道,远在法国巴黎,一家同样名为"马克西姆"的餐厅已在皇家大街上辉煌了近一百年时间。

▼图为一位顾客正在马克西姆餐厅品尝红酒。

有裸体壁画的饭店

这是改革开放之后,北京和全国出现的第一家中外合资的高档西餐厅。外方投资者是1981年刚刚以一张9位数法郎的支票接手了巴黎马克西姆餐厅的著名服装大师皮尔·卡丹,中资方则是北京市第二服务局。这也是北京第一家法式餐厅,在此之前，北京的西餐厅只有莫斯科餐厅（"老莫"）、和平饭店、新侨饭店、大地餐厅等为数不多的几家，都是以经营俄式餐品为主，无不带着改革开放之前意识形态对峙的印痕。而马克西姆，则是"北京第一家纯资本主义性质的高档餐厅"，1983年即进入马克西姆餐厅工作、现任副经理的舒杰说。

到开业这天为止，北京的马克西姆餐厅已经经过了9个月的装修，几乎是巴黎马克西姆餐厅的原样复制。当时任职于北京市第二服务局的何之绂说，餐厅的壁画中有些不着寸缕的人体画，中资方曾专门请示北京市文化局和公安局，最后是一位副总理拍板决定原样保留。

9月26日这天晚上的试餐会，邀请了来自各国驻华使馆和商社的工作人员。现任马克西姆餐厅行政总厨的单春卫回忆说，停车位不够，车辆就一直从饭店门口停到了台基厂路口，而在平常，那时行驶在北京街道上的还主要是自行车和为数不多的公共汽车。

皮尔·卡丹的社交沙龙

1978年，"一个法国裁缝来了"。1979年4月，皮尔·卡丹受邀再次来到北京，在民族文化宫一个临时搭建的T型台上举办了第一场时装发布会（限于外贸界与服装界人士参加的"内部观摩"）。1981年，在北京饭店，皮尔·卡丹首次把自己设计的服装向中国公众展示，也是在这一年，他把巴黎的百年老店马克西姆餐厅收归到自己的名下。

现任马克西姆餐厅总经理的贺广银说："皮尔·卡丹最初来到中国就是想把时装介绍进来。在几次往返的过程中，他发现进入中国的商社等国外机构越来越多。当时，北京除去'老莫'等一些俄式餐厅以外，基本上仍是中式菜一统天下，而且当时以鲁菜为主，油比较

▼上 崇文门法式餐厅的创建人皮尔·卡丹在装修的餐厅门前。

▼下 位于崇文门西的马克西姆门脸。

123

▲左 崔健等音乐人曾经常在马克西姆内演出。当时也有"摇滚并不接近人民，摇滚只接近马克西姆"一说。

▲右 工作人员的开业留影。

大，很多外国人吃不习惯。因此他很快就产生了把马克西姆餐厅开到北京的想法。"

即便在巴黎，马克西姆也是一个相当豪华的高档餐厅，而当时的中国还只是一个人们月收入只有几十元人民币的国家。得知皮尔·卡丹的决定后，西方媒体普遍认为，此举无异于商业自杀，甚至说皮尔·卡丹"疯了"。但皮尔·卡丹坚定的回应是：一定要把法国的餐饮文化介绍到中国，开办一个社交沙龙，商业盈利并不是很重要的。"至少开始时是这样的。"贺广银说。

赴法厨师受密特朗之邀观礼法国国庆

还在马克西姆餐厅装修过程中，北京市第二服务局就从崇文门饭店抽调了14名骨干人员（厨师和服务人员各7名）赴法国学习，当年只有26岁的单春卫即是其中之一。那时，他们对法式菜和那个国家都毫无了解。去之前，先在国内安排了3个月的法语培训。1983年5月10号他们就飞到了巴黎，住进了皮尔·卡丹那个叫做"埃斯巴斯"的俱乐部，"我们身上都穿着一套专门从红都服装厂定做的西服"。

学员们每天晚上回到住处一般都已经是十一二点，14个人轮流洗澡，等着的人就开始写工作笔记，"每个人都要写，然后交给带队的经理"。在法国近四个月，单春卫们顺利完成了学习任务，于9月10日返回了北京。回国前几天，皮尔·卡丹特意给他们安排了一次考试——邀请中国驻法国使馆的工作人员参加一场宴会，从菜品到服务都是法式的，任务却要第一次完全由他们十几个中国人来完成。

"法国师傅当然会在身后盯着。煎肉时，我们对生熟程度没有把握，就会不断扭过头去看看师傅的眼神，直到最后，他拍拍我们的肩膀，我们便知道已经可以了。"单春卫说，"我们虽然难免还有些生疏，但皮尔·卡丹先生给予了很高的评价。"

令单春卫记忆深刻的还有，当年法国总统密特朗还曾特意给他们发来过请柬，邀请他坐到了7月14日法国国庆节那天的观礼台上。

"这大概是因为，马克西姆餐厅开到北京也被法国政府看成了中法交流中的一件大事。"

一度服务于外国人和"万元户"

马克西姆餐厅最终进驻北京，顺利开业，让皮尔·卡丹颇为满意，看着餐厅门前黑白两色的小汽车在无边的自行车流中驶过，他曾激动地说，"再也找不到更神奇的场景来放置这神奇的餐馆。"但是，作为北京第一家中外合资的高档西餐厅，在之后的很长一段时间内，马克西姆似乎都与这个古老的城市格格不入。

马克西姆餐厅开业之初，顾客中的近70%都是外国人。"少数能进来的中国人不是被外国人宴请，要不就是政要、商界、文艺界名流，真正自己花钱进来的没有几个。当时这里喝一杯咖啡5块，还要加上10%的服务费。要是吃顿饭，怎么着人均也得一二百块钱，相当于当时两个月的平均工资。我自己那时的工资也只有41块左右。"贺广银说，"最早一批自己掏钱进入马克西姆的中国人大概要数当时的富人'万元户'，但真正能为普通百姓所接受已经到了1997年划归崇文门饭店之后。"对此，贺广银解释说，在早期，马克西姆餐厅所用的主料和配料基本上是进口的，因此成本很高……

当然，马克西姆精细的法餐并不受原料价格和来客"成分"的影响。这些年，它一直坚持着不迎合本地口味，不走本土化道路，坚持法国正宗的宗旨。"现在普通百姓的收入已经翻了几番，进出马克西姆餐厅的人员构成倒了个儿，中国人已经占到了70%左右。"随着普通中国食客的进出，马克西姆也逐渐由"很贵很贵"的法国馆子"恢复"成一家由法国移植过来的优雅餐厅。

（资料图片由受访对象提供）

1983年，中央电视台举办了第一届春节联欢晚会，这次晚会开启了中国大型晚会电视直播的序幕，从此观看春晚成为中国人的新年俗。歌唱家李谷一在这次晚会上总共演唱了7首歌曲，其中包括曾经引发很大争议的《乡恋》。

李谷一首届春晚唱《乡恋》

那个时代，电视不是很普及，大家对电视节目也不是很重视，包括我们演员自己，大家都更重视现场演出。1983年的春晚被认为是第一届春晚，只是说实现了全国直播，在这之前好几年都有内部春节联欢晚会。

"李丽君"蜚声全国
《乡恋》曾被认为是"流氓歌曲"

现在大家都知道我在1983年演唱了《乡恋》，其实在1980年我就唱了，被认为是"亡党亡国之音"，经常批我，我也承受了不少压力。当时团中央搞了一个"15首歌"评选，《乡恋》得15万张票。有人说，这15万张都是流氓投票，这是流氓喜欢的歌。但是观众很喜欢我，我在上海和南京演出结束的时候，所有观众起立鼓掌，我要在上海体育馆绕场几周致谢，天津的观众用天津话说，一二三，李谷一，我们耐死你。

那个时候演出都有节目单，像《乡恋》这样的歌曲不可能写上节目单，但是如果现场群众让我唱我就唱，不唱下不了台。记得1982年春节前后，听说邓小平同志要来参加我在人民大会堂的演唱会，我就想把这首歌唱给小平同志听，让他评评理，这首歌到底是不是反动的、黄色的？我是典型的"湘妹子性格"，用十二个字概括就是：吃得苦、耐得烦、不怕死、霸得蛮。我是"台上李谷一，台下李谷二"。台上温柔，台下性格很倔。结果演唱那天，小平同志没来。

有人说台湾有个邓丽君，大陆有个"李丽君"，我从来没有模仿她，我就是我的特色。

李谷一自制演出服
春晚接受观众点播

1983年春晚的时候，不像现在这样弄得很神秘，那个时候很简单，提前通知我去。当时我在中央乐团，因为当年大年初一在深圳有新年晚会，那个时候刚刚改革开放啊，深圳的地位很重要，团里不乐意让我去春晚。

记得好像是通过公安部的人跟团里下保证了，说是保证我不会延误在深圳的演出。团里答应了，我就服从组织安排除夕去了春晚，之前好像是安排我个人独唱三首歌。我还记得我自己做的演出服，我做了一件黑色上衣，扣花花了我五块钱，下面是黑色灯芯绒裙子，现在看起来也还凑合吧。

当年这个晚会创下了一个举动就是现场电话互动，当晚的节目排好之后，让演员先上台演，然后观众就根据现场的演员，开始打电话点播演员来加演。晚会进行过程中，点《乡恋》的观众越来越多，到后来观众集中点，服务员用茶盘托过来，里头有很多小条，都是点播《乡恋》的。

吴冷西拍板播放"禁歌"
灯光师蹬车回家取来伴奏带

当时《乡恋》还是禁歌，导演黄一鹤也没有权让我唱。当时的广电部老部长吴冷西，到现场蹲点，在我们的演播室，就把茶盘递给吴部长。据说当时吴冷西不断地皱眉摇头。过一会又来了，还是点《乡恋》的条，他还是不同意。直到第五盘送来，他就坐不住了，把眼镜拿下来，擦擦再戴上，在一旁快步地来回走，到后来溜达的步子越来越快。最后他跟导演说，播！

当时没有准备《乡恋》的伴奏带，最后好像是一个灯光师也是我的歌迷，骑车回家去拿了伴奏带，十几分钟后，《乡恋》来了。我觉得这就是整个群众呼声的胜利，改变了一种文艺政策吧，吴部长当时也冒了很大的风险。但是当时的大背景就是，改革开放来了。我心里也很清楚，这首歌应该没有问题了。

当时即兴的节目很多，我反串京剧的节目都是袁世海临时教我的，加上我和姜昆、袁世海的对唱，我一个人唱了九首歌，这在春晚的历史上没有过，顶上我开半场音乐会了。我记得黄一鹤导演后来还问我，还有歌吗？

春晚曾为义务演出
1984年开始全球直播

1983年春晚结束后，我记得当时我爱人和孩子都在宾馆看电视里我在演唱，我先去找他们，小小庆祝了一下，回到家的时候是凌晨4点，我一摸口袋，糟了，我们都忘带钥匙了，可是我要赶着7点多的飞机去广州。幸好我家就住一楼，窗户没有锁，我身材比较娇小，就敲开窗户上的铁栅栏，钻进去从里面开了门，收拾了一下就走了。后来我也没修过那个铁栅栏，现在看到它我就想起了1983年的春晚。

80年代初春晚的气氛很好，就是茶话会的形式，很随意，舞台也小，演员和观众的距离很近，我唱完了，经常是坐在台下看节目。唱完也就完了，我没觉得当时春晚有多火，也没觉得在春晚演唱《乡恋》有什么标志性的意义，那个时候我在全国已经很有名了。

后来1984年我又参加了春晚，这一次是全球直播，春晚的影响力越来越大，马季的《宇宙牌香烟》，我后来自己看录像，都能听到我自己的笑声。80年代的春晚演出都是义务的，不给费用，我记得好像是到了近些年上春晚，才每次给我一千元。

《第三次浪潮》
带来一拨阅读浪潮

周小海，方庄芳城园居民，47岁

这书的第一版是1983年1月，三联出的，当时是内部发行，只有领导干部才能看，作者是美国记者托夫勒。当时北京流行喇叭裤什么的，我都不是很感冒，但是看到这本书，可以用热血沸腾形容。外国人居然能够把一种技术论或者说一种社会思潮写得这么漂亮流畅，看这本书的时候我觉得非常激动，有点发懵。

作者生活的西方经过了工业化的积累，但是中国当时还是刚刚睁开眼睛看世界，对于它所描述的世界很新奇但是也有种天方夜谭的感觉。这本书充满了思想的力量，就是现代社会的焦虑。

在80年代的理想主义氛围下，我们还难以理解工具发展最后带给人的枷锁。这本书发行了几百万册，据说柳传志就是看了这本书想到了创办IT企业，我觉得这本书对我们这一代人特别是理科学生，投身于现代化浪潮有推波助澜的作用。

第三次
浪潮

阿尔温·托夫勒 著

新中国首都60周年

北京1949~2009大型城记 · 大城记事

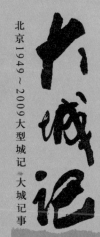

大城记

1984

义利快餐厅

The Local fast-food store

关键词：义利快餐厅
人体模特

热狗、三明治、汉堡包、沙拉——这些富于异国口感的词汇，随着义利快餐厅的开业而成为京城民众耳熟能详的日常用语。20世纪80年代初，麦当劳与中国北方食品行业巨头义利寻求合作，此举激发了义利开发本土快餐的想法。

首家中国"洋快餐"曾最有情调

西绒线胡同西口,首都时代广场的一部分,即中国第一家西式快餐店"义利快餐厅"原址所在地,由于西单地区道路扩建,与西绒线胡同垂直的油坊胡同往北延伸至长安街,延长的油坊胡同将义利快餐厅原址和现在的"北京中国会"(其前身是1959年周总理批准建立的"四川饭店")分隔开来。

虽然离西单仅一街之隔,拐进西绒线胡同,立刻安静许多。原来的义利快餐厅毫无踪影,新起的楼盘打出"离故宫最近"的广告。这里是北京城最显贵、繁华的地带之一。"这里曾经是义利食品厂的附属产业纸盒厂的所在地,当年,义利在已有的场地里,选择了客流量较高的西单地带作为快餐厅地址。"北京义利食品公司快餐公司总经理王建平说。

▲义利快餐厅位于西绒线胡同的旧址。义利快餐厅后来因为西单道路扩建而被整体拆除,后来没有再找到更好的地方复建。

一切都是当时最时尚的

当时西绒线小学的小学生,经常脖子上挂着钥匙,拿着家长给的钱,来这里点一份饭和红菜汤;搞机械工程的老教授每天来这里点上他的"老几样";过了熙熙攘攘的饭点高峰期,下午两点钟在这里喝茶、谈事的是温州商人……音乐、西餐、轻曼的灯光,这一切在当时都是最为时尚的东西,吸引了热爱小情调的知识分子,谈恋爱的年轻人。"总共89个座位,从开始的每个座位一天销售额20元，到后来的100元，日销售10000元。"王建平说。而当时，他自己的办公室和仓库都设在餐厅地下的"日据时期的水牢里"。

"刚开业时，我去吃过一次，十多块钱的价格并不便宜。"住在西绒线胡同的50多岁的冯大爷说，义利快餐厅成刀把状，门脸儿很小，从对南开的门进去后，穿过走廊，首先看到的是收银台，和取货处成一拐角，奶油色带花纹的高级装饰板镶嵌在四壁和天花板上，热狗、三明治、汉堡包、沙拉、油炸食品、五香炸鸡翅、双煎蛋等西式快餐图镶嵌在灯箱里，一溜儿排开。

"装潢用的是意大利进口的咖啡色瓷砖，开票的服务员使用的是电子收款机，装配的是中央空调，连灯箱片都是从香港带回来的……"王建平说。至今，很多人难忘当年的炸鸡翅、香浓咖啡，尽管现在是随处可见的西式餐点。"炸鸡翅的腌制作料十几道，用的是高压炸锅，咖啡是特别熬制的。现在去其他地方，都找不到当年的那个味儿了。"北京义利食品有限公司副总经理邢慧明说。

开业前副市长亲自指挥

"京城第一家西式快餐厅将于4月20日举行挂牌仪式，开始招待中外客人。"1984年的《北京晚报》这样报道。开业当天，市领导前来剪彩。驻京的西方国家记者闻讯而至，美联社记者采访后，发出的电讯稿将之比喻为"中国改革开放的又一次进行"。后来义利

▼左 1984年开业时北京市领导为义利快餐厅剪彩。

▼右 80年代的义利快餐厅。这里曾是北京最时尚的消费场所之一。

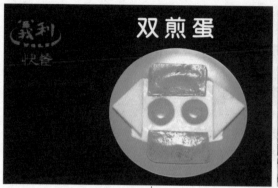

▲左　当年快餐厅的双煎蛋很
受欢迎。

▲右　1985年，义利从香港引
进先进的快餐车，被市政府特
批在故宫午门前销售快餐。

食品有限公司的百年厂庆日也选在了4月20日谷雨这一天，"因为义利最早就是在1906年的春天诞生的。"邢慧明说。

王建平回忆，开张前一个月，当时的北京市副市长孙孚凌亲自坐镇西绒线胡同义利快餐厅的施工现场，指挥、确定水电煤气等各方准备到位。"改革开放初期的义利，想突破以前的传统食品生产线，时任领导古克明是广东人，家人都在国外，接受新事物、新思维特别快。当时义利一下子拓展了8条生产线。"邢慧明说，当时义利贷款3800万投入到生产现代化的推进上，而快餐这条生产线，是市政府提供的200万科技贷款，用以解决"新长征路上吃饭难"的问题。投入除了开在胡同里的快餐厅外，义利还从日本进口了5辆快餐车，加上义利食品厂内设置的2000多平方米的"快餐中心"的车间和库房，"整个项目大概总共投入几百万人民币，规模国内领先。"邢慧明说。

义利快餐店由麦当劳"促生"

义利快餐厅的开张，受到"洋快餐"麦当劳进入中国计划的促生。现任北京食品协会常务副会长、北京义利公司原总工程师周以秋解释："当时，麦当劳计划进入中国，要找中国本土的合作单位，于是找到了当时北方的食品行业巨头义利。双方谈判，中方给麦当劳提供了两个地方，一个在王府井商店旁。但我们当初设想合作的店开在王府井，汉堡包等食材由义利本厂提供，但麦当劳的原则是供应商本身不能开店。双方谈了好久，最后，麦当劳看上王府井另一家单位，合作告吹。"周以秋说，"和麦当劳谈判的失败给了我们启发。为什么我们自己不能搞快餐？"

"我们当时有工业化生产条件，面包我们也有，设备也引进了一些，有很强的技术团队。"周以秋说，1981年，美国小麦协会赠送义利公司一套生产白面包的设备，建成了中美示范面包厂。80年代初期的北京市场上，还没有洋式餐饮，西式餐饮的原材料也很匮乏。而市政府希望有80年历史的义利食品厂能让北京市市民吃到干净、营养好、合乎口味的快餐食品。

"唐老鸭带动的食品革命"

1984年，成龙主演的电影《快餐车》上映，同时，义利派人专门赴欧洲、日本和香港等地考察，最后选择了和香港冯秉芬饮食服务公司合作，并学习香港"大家乐"快餐厅的经营模式和快餐制作，在北京，义利又派人去"老莫"等当时的高档西餐厅探讨西餐的做法。

"香港'大家乐'规模很小，类似今天的大排档。在当时，没有一家餐饮产品包装能做到我们这样，连外卖的餐具都考虑到了，专门从广州厂家订制了一批印上唐老鸭logo和义利商标的餐具。"王建平说，当时餐厅里有醒目的唐老鸭标志，有人称这是"唐老鸭带动的食品革命"。"其实唐老鸭标志也是向香港学的，没挂多久，有关部门就要求将唐老鸭取下来。当时我们没有什么侵权概念。"王建平说。才开始，经营内容以西多士、面包圈为主，"开业那天，准备了两天的食物，半天时间就被抢购一空"。

后来，义利快餐厅加入了符合中国人口味的份饭，即最早的盖浇饭。红烩泥肠饭、茄汁蛋饭、义利牛肉饭……隔了二十多年，让很多人依然回味。"当时的番茄酱是专门从新疆运来的，很多配料是从友谊商店旁的特供食品部买的，连锅具都是进口的。"邢慧明回忆。与义利快餐厅同时红火起来的是义利快餐盒饭，5辆在前门、东华门、天安门等流动供应的外卖快餐，直到亚运会期间，它们都

133

是北京市大型活动时必不可少的大规模送餐供应车。

很快，义利快餐厅陆续开设了分店，甚至将分店开到了西安。"西绒线胡同的快餐厅后来因为西单道路扩建而被整体拆除，一时没有更好的地方复建。而现在的西式快餐非常普遍，再投资成本比较大。义利集团现在的主业还是在工业生产巧克力、饼干、面包等食品上。现在的义利快餐重点已转移到部队后勤营养配餐上。"邢慧明解释说，但这不代表义利快餐厅从此消失了，只是再见需要合适的契机。

（资料图片由受访对象提供）

由《天鹅之死》
设计天鹅邮票

万维生，邮票设计家

1984年时，我应邀到漳州市办邮票展，事先我了解到漳州是水仙花特产地，我画的都是水仙邮品，到了漳州后发现，集邮爱好者自己设计、印制的纪念封、纪念张、纪念邮戳等，全是我画的《天鹅》里的形象。

我画天鹅、设计天鹅邮票，源于1980年12月27日《北京晚报》上一篇《天鹅之死》的文章。当时有四只野天鹅飞入玉渊潭公园过冬，非常难得。可几天后，其中一只被枪杀，舆论哗然，市民纷纷前往玉渊潭东湖凭吊。痛失伴侣的那只天鹅，在东湖哀鸣了整整一夜，不吃不喝，有"自杀"企图，最后飞走。我去凭吊返safe后久久不能平静。出于职业本能，建议领导发行天鹅邮票，在得到口头许诺后，我即

去动物研究所访问专家，去动物园观察天鹅，投入对天鹅的研究中，画了好几个月。后来，有美国人看中这套邮票设计，订购了几十万套。天鹅邮票发行20多年来，我一直没有停止画天鹅，现在家里也都是各式天鹅为主题的作品，去年圆明园飞来了两只黑天鹅，在圆明园的湖畔盖起了"鸟巢"，它们也适时进入我的画中。

▲万维生和他所设计的天鹅作品。在他的建议下，北京发行了天鹅邮票。

1984年10月，北京中央美术学院、解放军艺术学院等10个艺术院校在《北京晚报》联合刊登启事，为美术系公开招聘模特。启事吸引了171个报名者，年龄在17至30岁之间。其中仅10名男性和20名女性可以成为合同工。合同工每月固定工资40元，根据造型、时长还可得到额外津贴。

首批招聘的人体模特月薪40元

好的模特收入高过教授

20世纪80年代正是思想解放的年代，是李泽厚的《美的历程》流行的时候，当时对真善美的追求是普遍的社会心理。中央美院率先恢复使用人体模特。人体画成为独立的艺术出现在社会上，而不仅是画室里训练的内容。

1984年7月25日《北京晚报》刊登了建国以来第一次公开招聘人体模特的广告。这次招聘由美院负责代招，当时我正好在版画系负责基础课教学，8月的一个下午，我代表美院版画系，钱尚武代表雕塑系，还有美院的王牌院系油画系、壁画系等代表，四五个评委，先看全裸男模特，然后是穿着内裤的女模特，一个个走过场，再由我们专业艺术老师打分或讨论。人体是我们所有绘画对象中最丰富、最复杂、最难掌握的，每个人都有属于自己的特有的身体节奏。这一次公开招聘中什么样的人都有，有的是要求思想解放的大学生，有的是返城待业青年……

几天后，这些模特就出现在美院教室里，他们比以前的模特更有职业意识，对自己身份有自豪感。很快模特之间就拉开档次，身材匀称、标准、健美的模特，各院系都抢着申请，排的课时多，挣的钱也多。人体模特的待遇最初是每小时1.1元，后来涨到了3.3元，好的模特的收入高过美院教授。

私下画人体曾会被抓起来

但模特们却是经历了漫长的心理过程。

"就画人体这问题说，应走徐悲鸿的素描道路，而不应走齐白石的道路。"1964年前后，毛泽东就明确批示："画男女老少裸体model，是绘画和雕塑必须的基本功，不要不行。封建思想，加以禁止，是不妥的。即使有些

▲徐冰，1977年考入中央美术学院版画系，1981年毕业后留校任教。现任中央美术学院副院长、教授，见证了第一次公开招聘人体模特的过程。

坏事出现，也不要紧。为了艺术学科，不惜小有牺牲……中国画家，就我见过的，只有一个徐悲鸿留下了人体素描……"

1965年，毛泽东给江青写信批示："无产阶级在建立和完备自己的艺术教育体系中，可以批判继承旧传统中的某些合理因素，模特儿写生作为解决艺术基本功的初步训练方法，是可以批判继承的……真人（模特儿）写生是美术基本功训练的重要方法。"

这些批示现在还存在中央美院，可"文革"十年，却是中国人体模特的"幽闭期"。因为那个时代的特殊语境，中央美院和几大中央直属艺术院校合并为"中央五七艺术大学"，院长是江青。我是1977年进入中央美院的。基础课开始，以临摹石膏像来训练绘画基本功，研究光影和结构。当时画的是工农兵石膏像，在"文革"之前，学生们临摹的石膏像是文艺复兴时期经典雕像的翻制，有些是徐悲鸿亲手从法国带回来的。

"文革"刚结束时，私下里画人体会被抓起来。我记得当时有个规定，必须有三人以上在场，才能进行人体写生。

初期模特多为返城知青

我二年级开始画半裸体、裸体的，"文革"后第一批模特多来自于返城知青，可解决回京问题，这批人为艺术教育作出了贡献。在美院的教室里有很多大镜子、画板、衬布隔出模特更衣室，布置好模特台，"摆模特"，打灯光，选好角度。模特们每半小时休息一次，休息时，模特裹着浴衣和学生天南海北地聊天，学生们都很尊重他们。模特们有各自的性格和故事。但有些也背负着沉重的心理压力，往往不敢告诉自己的亲人。而模特的家长、男友、丈夫等，从发表物上看到他们写实的素描，往往会有很多麻烦。

1981年，我开始在版画系教素描，我教的第一拨学生也是第一次画人体，而模特也是第一次做模特，大家都特别兴奋、紧张。那是冬天，教室里的炉子生好了，模特在更衣室里，我让男生们先等在教室外。我需要"摆模特"，等了半天，模特还不出来，我就请一名女学生进去跟女模特沟通。她终于出来了，身穿宽袍子站在模特台上，背对着绘画者的方向不肯转身。请她将袍子脱下来，她不好意思得浑身皮肤都是红的，正在哭呢。就这样背对着绘画者，模特完成了她的第一次工作，后来她成为特别出色的模特。

1984年首次公开招聘模特，对上世纪80年代来说，至少是代表思想解放的一个事件。这件事与1979年的首都机场人体壁画事件、1988年的"人体大展"等，其影响使今天的中国社会对人、身体和性的概念与思考更深一步。

新中国首都60周年

北京1949～2009大型城记 大城记事

大城记

1985

工人体育馆
工人体育场

Carnivals in Workers' Gymnasium
and Stadium

关键词：工人体育馆
工人体育场大观园

在西方饮食渐渐打开中国人胃口的同时，同为西方当代大众文化的流行音乐和足球狂热也在北京相继上演——来自英国的威猛乐队完成了在中国内地的第一次亮相，国家足球队的失利让刚刚自信起来的民族激情遭遇了一次"反高潮"。

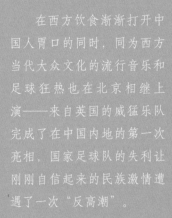

"威猛"和"世界杯"
舶来大众文化狂欢

【地点1：工人体育馆】

▼威猛乐队在工人体育馆的表演让北京观众第一次面对面地体验了当时世界一流乐队的风采。其音乐作品《无心快语》、《自由》等也被传颂一时。

1985年，改革开放的第七个年头。英国著名的威猛（wham）乐队的全球巡回演出来到中国。4月10日，朴素的北京工人体育馆里散射着闪烁不停的强光，近万名观众迅速在一种准迷狂的情绪中与电吉他的强烈奏鸣合拍。这是北京第一次批准举行的大型流行音乐会，威猛也成为第一支来华商演的国外流行乐队。

"为无菌社会带来一点细菌"

"我相信在场的一万多中国观众不是在看威猛演出，而是在看看台上的一些外国观众摇摆身体，吹着口哨，欢呼喝彩，警察走过去把他们摁回到座位上。不一会儿，他们又蹦了起来，摁不住。"音乐人郭峰回忆起24年前的这次演唱会，"这个场景我永远都忘不了，中国观众全都看傻了，很木。"

威猛并非首个国外音乐来客

当年23岁的郭峰，蓄起了长发，已经在东方歌舞团担任音乐创作。"我之前还接触过一点点欧美流行音乐，知道有威猛这个乐队，但是看到现场我也是懵的，不知道为什么音乐能够让人跳起来。"在郭峰看来，"这不是因为接触了，觉得不喜欢后产生的木然，而是根本不知道这是什么。"

工人体育馆迎来国外演唱会，这不是头一次。作为1985年"威猛"现场观众的王兵（当时还是高二学生）提及当年："在83年或是84年，日本爱丽丝乐队就在工人体育馆演出过，因为是政府间交流，都是内部赠票。'爱丽丝'是日本的一支摇滚乐队，但他们的歌曲中有不少抒情性的。""威猛"及其曲风的到来，正如其乐队成员所言："我们进入了一个无菌社会，带进来一点细菌。"

买票者获赠磁带

长长的队伍，一卷钞票塞进售票窗口，一旁还有气球广告"天桥百货商场"。导演林塞·安得森跟踪拍摄了威猛乐队在中国的旅程，在这部名为《威猛，异国的天空——1985年中国演出现场》的纪录片中，外国记者在演出结束后采访观众——

一位中国观众说："我们就跟着打拍子……因为以前没接触过这种音乐，都怕跳舞跳不好。但是很激动。"也有一位戴着眼镜的观众说着英语认真地对记者说："我来这是为了想弄清楚他们音乐中真正的含义，但是我听不清，因为声音实在太响了，乒乒乒乓。"其中，也有大胆的观众搂住从看台经过的黑人演员拥抱。

在郭峰看来，威猛在工体的演出也并不是一次完全意义上的商业演出，至少郭峰自己和王兵都拿的是赠票。为了避免演出时出现冷场，售票时向每个人赠送两盒收录了他们代表性作品的磁带。

乐队经纪人13次来华完成公关

对于威猛乐队自身而言，来华演出不啻为一次成功的政府公关行为——在威猛乐队的经纪人西蒙·纳贝尔的记忆里，为了促成这

次演出，他曾经来过中国13次——

"你们中国有那么多亿美元的合资企业的投资，但是他们仍然不确定你们是不是真的要对外开放，如果他们看到威猛乐队可以来到中国，那么所有人都会相信你们所说的开放是认真的。" 的确，这一次演出让娱乐新闻变成了国际新闻的头条。当时法新社称："威猛音乐会于1985年4月10日在北京举行，它在流行音乐界和中国的历史上都具有里程碑似的意义，即便现在鲜有中国人真正意识到这一点。"

崔健也在当时的现场，这位之后被认为是中国摇滚乐的领军人物的现场感没有超越常人，"受到了很大震动"。威猛乐队，这支短暂的流行乐队，事实上既不是一支摇滚乐队也没能对中国的摇滚音乐人具有太多的启蒙意义。一年之后，崔健在同样的舞台上吼出了"一无所有"……

【地点2：工人体育场】

1986年墨西哥足球世界杯预选赛已经开始，中国国家足球队由主教练曾雪麟带队再次向世界杯挺进。1985年5月19日，中国队主场迎来了对香港队的比赛。只要不输，中国队就可以小组出线。最终香港队2比1取胜，获得本组的出线权，自信心爆棚的中国队被淘汰。这场失败导致了中国足球史上最大的球迷骚乱。一些球迷围堵两支球队的球员，砸毁公共设施、掀翻过往机动车辆……公安机关当场依法拘留了127人……

"足球狂热"引发的狂乱

还是崔健，在1987年出品的电视剧《足球启示录》中出演了一个角色。在剧中，这个中国摇滚乐的领军人物扮演了一位给中国足球队送信的邮递员球迷，在一个桥段（中国队失败后许多球迷围在宿舍楼下）中，邮递员用一曲动人的小号让球迷们当场潜然泪下。

国足将士踌躇满志　球迷们"全民轻敌"

电视剧《足球启示录》根据名噪一时的长篇报告文学《透过门网看中国足球队》为剧本，这部报告文学正是在1985年工人体育场的"5·19"球迷骚乱之后问世的。

1984年，国足在亚洲杯赛上获得亚军，接着在印度举行的尼赫鲁金杯赛中1比0击败了阿根廷队。在中国队所在的小组当中，只有香港队略有实力，另外两支球队是被称作"超级鱼腩"的澳门和文莱。后来发生在工人体育场的一幕其实早有伏笔，香港队在主场采用铁桶阵防守，90分钟后以0比0逼平了中国队。中国队随后在对澳门和文莱的四场主客场比赛中捞足了净胜球，最后踌躇满志地回师工人体育场与香港队争出线权。

在5·19比赛之前，中国队的队员和教练，包括绝大多数的球迷，都认为主场拿下香港队没有问题，"而且还要大赢，赢一个两个小算赢，这种氛围一直持续到5·19比赛结束之时，预期和结果的巨大反差是造成那场球迷骚乱的主要原因"。当年25岁的中国足球队前锋李辉回忆说："我们的心态非常简单化，也没有什么策略性的战术，就是要赢。"

球迷闹事　球队解散

这种狂热的自信来自于此前国足让人喜出望外的战绩，时任中国足球教练委员主席年维泗追忆："当时足球承受的社会期待很大。刚刚改革开放，女排夺冠再冠，当时中国足球也处于上升期。"

▼ 1985年5月19日，中国国家足球队在工人体育场负于香港队后，球迷发生骚乱。1987年摄制的电影《京都球侠》中可以看到足球和民族情绪之间的关联，而在1998年播出的电视连续剧《一年又一年》中，"5·19"仍然成为揶揄对象。

5月19日，"距离比赛结束还有十分钟，我整个脑子都是空的，想着我以后还能干什么"。24年之后，李辉这样描述自己当时的感受。在二十多次射门失败之后，在年维泗看来，"工人体育场已经不再是六七十年代打打友谊赛、友好地拍拍巴掌的地方"。愤怒的球迷开始在工体周围发泄自己的不满……"我们球员是从主席台的领导人通道走的，到了驻地宾馆，在楼上呆了三天都没下来。"后来，"上级领导也没有处罚我们，但是国家队解散了，这就是最大的惩罚。"李辉说。

现在，李辉正带领一支16岁的北京足球队参加10月举行的全运会比赛，他现在不愿意听到别人祝他取得好成绩，也从来不对那些16岁的孩子说这样的话。

（资料图片　程至善　李晓果　摄）

60年60人·1985

日本轿车北京出租

严数，报刊收藏爱好

这是1985年3月7日的报纸内容，前一天的时候，北京的一家出租汽车公司的车经过天安门，拍摄者是李士炘。出租汽车公司名字叫"小小"，这并不是第一家出租汽车公司，但这是首批从日本引进的一百辆小车，说明当时中日关系不错，不是皇冠就是尼桑，很壮观地经过天安门人民大会堂，像是接受检阅一样。当时他们说，取名"小小"，是要从细微处着眼入手服务，这个名字很人性化。当时的出租车都是服务于宾馆饭店，说明北京的旅游业当时已经发展了。小小出租汽车公司采用24小时营业，接受乘客的电话预约、定车、招手停车服务，说明一般的普通人只要有钱，就能够享受到服务，而且，吃、住、行、游也都是出租汽车公司经营的内容，可以说是旅游一条龙了。但是80年代末，北京的出租车还是很少，1992年为切实解决"北京乘车难"问题，北京市提出"一招手能停5辆出租车"的奋斗目标，开始大办出租车业，"面的"发展起来了，北京人叫它"黄虫"，很短的时间，北京大街上有几万辆"黄虫"在跑，也是一道风景。

1985年6月，大观园一期工程竣工并交付剧组使用。现年78岁的宣南文化专家黄宗汉曾是大观园选址、建设的主要负责人之一，他为读者讲述了这座园林建设前后引发的观点交锋以及建成后对宣南区域文化、经济的效果。感谢燕树森（右）、马俊潼（中）、王志刚（左）补充叙述。

营造大观园"唯书不唯上"

1983年，我当时是中国电视剧制作中心顾问。中国电视剧制作中心要投拍《红楼梦》，制景费只有75万元。当时可没想过盖一座大观园，那不是皇帝才干的事情嘛。当时我楼下住的是宣武区领导李瀛，聊天的时候说起这件事。他也很爽快，后来就选了南菜园这块地，当时这是宣武区苗圃，环境很好，周围也没有什么高楼会穿帮。

周扬组织研讨大观园图纸

制景费75万元是启动资金，当时宣武区政府还提供借款95万元。1984年6月开始干了，但是我不是红学专家，当时是张百发主持，红学、清史、园林、建筑各方面的专家来开会商量，决定要盖一座永久性的实景大观园，主要是为了电视剧《红楼梦》的拍摄地，作为文化旅游景点还是后话。

建筑底座是水泥，但是主体结构都是木质，建筑风格主要还是明清北方建筑风格，兼具南方私家园林特点，但是大观园应该怎么建？只有"书中才有大观园"，当时北京市领导提出来，"唯书不唯上"。故宫博物院的清史专家朱家溍推荐了古建筑学家杨乃济，他在60年代制作过大观园模型参加日本的一个展览，回来后模型就被放在午门。大多数人同意以这个模型为蓝本来建设大观园。

现在大观园里怡红院和潇湘馆的位置和《红楼梦》中的位置是颠倒的，主要是依照现实中情况的考虑。周扬为此组织了研讨会，他最后说，大家对这个图纸有什么意见？没什么意见的话，就是这个图纸吧。这才拍的板。

大观园建筑"一律真金贴饰"

开始说大观园是三里半的周长，清华大学教授戴立昂称，三里半可能是二里半之误，只有皇家园林才是三里半周长。所以，现在看到的大观园周长是二里半。很多细节都有争论，为了怡红院的一块石头应该摆在哪里，都有不同意见。

之后，请来北京的古建队，调来大兴安岭的木材，从无锡拉了6千多吨太湖石，按照当时轻工业部的规定，建造大观园没有用汉白玉和琉璃瓦，石材都是房山石窝的青白石，质地虽不如汉白玉，但是有汉白玉的外观效果。

所有建筑采用传统的"金线苏彩"作法，一律真金贴饰，为此还向中国人民银行申请特批了专用黄金。这块地以前就是苗圃，施工中尽量保留一些高大树木。围墙采取"随势砌去"的作法，等高的墙身，随高低不等的自然地形砌成。建筑上的楹联都是书中描写的，而且字体都是故宫请专业人士从古碑帖集字中截取，"大观园"三个字是柳公权体。

1985年6月，一期工程竣工并交付使用。建好了的8处景点满足了电视剧《红楼梦》的拍摄需求。

投资全部来自全国的"刘姥姥"赞助

开始想的是电视剧拍完后再对外开放。但是，在大观园施工期间，全国很多媒体都报道了，很多人来看，群众围观肯定还是影响拍摄，当时请示领导，北京市领导就说，那就定个高票价，一块钱，这可是当年的"天价"门票，故宫好像才五毛钱，陶然亭五分钱。

即使这样，来的人还是络绎不绝。大观园有钱了，借的款也就马上还了。以前有人写，大观园投资多少，回报多少，其实根本就没有投资，政府也没有投资，都是全国的"刘姥姥们"赞助的。

电视剧《红楼梦》拍完了，大观园就交给了宣武区政府。人造景观的寿命一般都是5~7年左右，但是大观园有20多年的历史了，而且发展不错。北京大观园走的就是一条"以园养园"的路子，现在有个新名词是，文化创意。现在想来，最大的文化创意就是《红楼梦》的产生，优秀的历史文化遗产不仅是精神财富，也是物质财富。经常有领导来，万里来过几次，他说，一块钱太便宜了，你们应该定20块，人家卢浮宫几十美元呢。大观园是人造景观，但被认为是"文物的超前保护"，几十年后大观园也是文物了。《半月谈》写过一个文章：两厢情愿，弄假成真。

大城记

1986

北京音乐厅

Natural stereo of the Concert Hall

关键词：北京音乐厅
"让世界充满爱"

经历了八年建设之后，全国第一处专业音乐演出场所——北京音乐厅终于在1986年落成。在"家庭组合音响"刚刚兴起的年代，这一纯粹依靠建筑设计就能达成"天然立体声"的音乐厅引发了市民热议。

长安街上最早的 "天然立体声"

1986年1月4日，王廷英终于站在了落成不久的北京音乐厅演奏台前。台下一排

排铁锈红座椅上已无虚席，身着铁锈红服装的服务人员也已安静地守候在台口两侧——这种庄重的色调就是他的主意。自1964年进入中央乐团（中国交响乐团前身）合唱队以后，王廷英已多次充当演出报幕员；这一次，完全不同的格调使他的声音激动难抑。更重要的是，这是一场等待了8年的首演。

引人注目的 "天然立体声"

按照规划，随着道路拓宽，北京音乐厅将最终端坐于与府右街正对的北新华街北口，隔着一片开阔的广场展露在西长安街路边。但在那时，把它与长安街隔开的还是一家油墨纸张批发店及4米宽的安福胡同，西、南两侧紧邻的地方则是密集低矮的民房。

从1985年9月建成到首演开始的几个月中，北京媒体已充斥了对这座即将投入使用的新建筑的报道。直到1986年5月，中山公园内的音乐堂才开始从敞开式的棚子到全封闭建筑的改造，北京音乐厅却是全国第一座建成的专业音乐演出场所，而且具有纯粹依靠建筑设计达成的 "天然立体声" 效果。

作为曾经的中央电影院（1927年建成）的所在，这里对于许多普通北京人来源并不陌生，但改头换面后的这座方方正正的新建筑特别是所谓的 "天然立

体声″，仍然引起了他们极大的好奇，首演前，许多人赶来一睹为快。″那时，家庭立体声音响才刚刚兴起，两个喇叭、双声道的那种。'天然立体声'这个词确实很能吸引眼球。″在王廷英记忆中，这样的情景似乎持续了很长一段时间，″真正冲着音乐来的其实并不多″。

20多年后的现在，随着北侧建筑的拆除和平整、绿化，北京音乐厅面向长安街的最初设想终于即将变成现实。但是，就像当初人们好奇于这里的″天然立体声″一样，今天类似的目光焦点已经转向了与它相距不远的国家大剧院。″北京音乐厅主要是一个交响乐演出场所，但据我们估计，北京目前真正的交响乐发烧友可能还不到3000人。″王廷英说。

纯粹的电影院和不纯粹的音乐厅

1978年，中央乐团著名指挥家李德伦、严良堃等人向文化部提出建设北京音乐厅时，这个名字已经存在了近20年。1960年，建团4年的中央乐团因缺乏演出场所，申请将原中央电影院收归名下，定名″北京音乐厅″。进入中央乐团之前，王廷英就经常去那儿听音乐会。″那会儿，中山音乐堂还是开放式的棚子，这儿就几乎成为北京唯一听交响乐的地方。声音易受干扰，演出也不多。″

在现任北京音乐厅行政办公室主任李德才印象中，那是一座具有西洋风格的两层楼房，楼上是机房，楼下便是演出大厅，没有后台，演员做准备都是在一个简陋的地下室中。王廷英隐约记得，那时的票价只有几块钱，″但一般人也不舍得去。我参加工作最初几年，每个月工资只有30多块钱，所以去听音乐会都是中央乐团内熟悉的老师带着去的″。

李德才说，1979年拆除前，北京音乐厅更主要的还是一座电影院。特别是″文革″开始后，中央乐团被列为全国8个″样板团″之一，有关领导认为把如此破旧的地方作为演出场所，与″样板团″地位不符，于是借用了国家民委下属的民族文化宫，主要演出《沙家浜》等革命交响乐，甚至请来京剧团的老师，专门学习了革命现代京剧。

◀前页 北京音乐厅内，有演出的音乐人正在排练。这里具有纯粹依靠建筑设计达成的″天然立体声″效果。

147

1971年李德才进入北京音乐厅工作时，这里已经成了一个纯粹的电影院，他的职务是"跑片员"（也叫"串片员"），负责与邻近的首都电影院、西单电影院交换影片。1976年，"文革"结束后，为落实中央退还借用房子的政策，中央乐团退出民族文化宫，返回北京音乐厅。而在这年7月的地震中，这座破旧的房子已经遭到了严重的破坏。修整重张以后，"仍然是以电影为主，一般晚上会有一场音乐会"。

重建历经8年

李德伦等人将重建北京音乐厅的设想提交给文化部后，文化部表示"我们没钱，只能给100万"。有同事悄悄给李德伦说："100万根本不够。"李德伦回答："不够就不够吧，先干起来再说。"就这样，北京音乐厅的重建工作启动，李德才记得原音乐厅正式停业的时间是1979年9月23日。但这一停就是8年。北京音乐厅工作人员把这戏称为"八年抗战"。

严良堃回忆，动工不久，刚把地基打好，100万元就用光了，而且这时的文化部部长换成了周巍峙。后续工作得到了搞音乐出身的周巍峙的大力支持，但在只差房顶的时候，文化部部长又换成了朱穆之。李德伦找到朱穆之说："您看，就差房顶了。"朱穆之当场拍板："接着盖！"修建北京音乐厅，前后共经历三位部长，花了950万元。这在当时已经非常节省了。"

当年担任北京音乐厅总设计师的尹震华回忆，因为经费有限，整栋楼除去几块茶色玻璃外，用的全部是国产材料，甚至是处理品、下

▼游人以北京音乐厅为背景留影。随着城市规划的进程，北京音乐厅已经成为长安街上的地标之一。

148

脚料（比如外墙所用的玻璃马赛克）；北墙的铝窗不能氧化成理想的深古铜色，只好改用环氧复合涂料，以消除它可能带给人的"商业气氛浓厚"的感觉。

在大楼建设后期，业余喜欢绘画和雕塑的王廷英也客串起设计师的角色，包括墙面的图案、座椅的色调，以及三个球状音符组合成的北京音乐厅的标志性雕塑。他大胆的设想还包括让新招聘来的女服务员全部穿上了燕尾服，以便与台上的演奏家协调。

管风琴音乐会作为亚运会序曲

按国际惯例，管风琴被视为一座音乐厅必不可少的镇宅之宝，但1986年1月4日，北京音乐厅首演时，却极有可能是全球文化名城中唯一缺少这位"主角"的音乐厅。当时，整个北京只有几台管风琴神秘地藏在西什库教堂、协和医大礼堂等地方，而且已经遭到严重破坏。因此，北京的音乐会也一度是管风琴了无声息的音乐会。

严良堃回忆，1987年他访问捷克期间，专程参观了当地的卡尔诺夫管风琴厂。之后，在中国驻捷克大使张大可的支持下，委派钢琴技师马桂林、音响技师王世全到捷克接受培训，订制了一台约有4800个管、音域约达6个8度的管风琴，孟昭琳和时任经理赵永成则负责安装工作。

不久，捷克委派的6名工程技术人员来到北京，进驻工地。当时留德著名青年指挥家汤沐海听到消息后表示，希望同一位前西德管风琴家来北京与中央乐团合作，为音乐厅首演音乐会开声。

1990年1月8日安装正式开始，至7月27日完工。8月24日，38岁的汤沐海如约登上北京音乐厅的舞台，随着他潇洒的一挥，国内第一次管风琴音乐会演出正式开始。1个月后，北京首次举办的亚运会便拉开了帷幕。"那次音乐会，便是北京亚运会的序曲。"严良堃说。

2003年11月，北京音乐厅再次全面翻建，至2004年12月31日再次重张。演奏大厅添加了一系列更现代化的建筑声学措施。这时，管风琴已成为中国土地上大大小小音乐厅的荣誉贵宾，而北京音乐厅那台来自捷克的卡尔诺夫管风琴一直被小心翼翼地保存至今。

纪事·1986

1月18日 北京交响乐团成立。

3月31日 大钟寺古钟博物馆修建完工开放。

5月27日 北京工艺美术界老艺人从艺50周年庆祝大会举行。24位从艺50年的老专家被授予工艺美术特级荣誉勋章。

7月 北京国际长途电话自动直拨系统开通。

8月29日 第七届世界杯体操赛在北京举行，这是中国首次举办的世界杯体操大赛。

9月26日 位于深山区的密云石城乡对家河村通了公路。至此，北京郊区3637个行政村实现了村村通公路。

10月9日 "新北京十六景"投票评选揭晓。按得票多少依次是：天安门广场、故宫、八达岭长城、北海公园、颐和园、天坛公园、香山公园、十渡、周口店猿人遗址、龙庆峡、大钟寺、白龙潭、十三陵、卢沟桥、慕田峪长城、大观园。

（资料图片）

张世义，70岁，时任东方歌舞团业务办公室主任，东方歌舞团录音公司总经理，"让世界充满爱"大型演唱会的总指挥、舞台监督。

"让世界充满爱"：流行音乐的破例

管港台流行歌曲叫"黄色歌曲"

1983年，我代表东方歌舞团联系迈克尔·杰克逊的经纪人，想请杰克逊来开演唱会，被有关部门否决。有一次，我们和上海文化局谈演出形式，他们说，话筒只能支在话筒架子上，不能拿着在舞台上走来走去，因为那是港台歌手的"黄色歌曲"唱法。我们反驳说东方歌舞团就是载歌载舞，又不是"意大利派"（歌剧表演）站定在那儿唱，我说："话筒还是从国外买回来的呢。"

到1986年，我国的文艺舞台政策还很束缚人。当时舞台上土的只能唱民歌，洋的唱"意大利派"，港台、外国的流行歌曲叫"黄色歌曲"，不提倡。

东方歌舞团一直提倡中外文化交流，改革开放后，我们成立了文艺界第一家录音公司，考虑到年轻人希望看到外国的音乐、舞蹈，而1986年正好是世界和平年，而此前，1985年欧美群星有Michael Jackson 和 Lionel Rich 合作的单曲"We are the world"是救济埃塞俄比亚等地区饥民的演出，台上台下融为一体，不像我们当时的演出"台上发疯，底下跟傻子一样"。

演唱会是一次破例

当时我们公司和中国录音录像公司有一些搞创作的人凑在一起商量搞创作，包括从四川来的郭峰，但想法都不清晰。

当时大环境称流行歌曲为通俗歌曲，只能表达小情小调。郭峰他们说要写一个大一点的作品，于是找材料、探讨，到1986年5月，作品成型了。作曲的有郭峰，作词的有王健、陈哲等。18分钟的歌，反复修改、斟酌，不断完善。

这么大规模的歌曲最适合合唱，东方歌舞团的黑子和中录的吴海岗负责录音，他们找了很多歌手，全国各地的都有，由郭峰听他们的声音，基本上声部保持平衡就行。

但直到开始录音，歌名还没定下来。有一天我去找正在通宵加班的王健，看到歌词里有一句是"让世界充满情和爱"，回家的路上，我反复琢磨，这与"和平年"主题很贴近，可是作为歌名太长了，改成"让世界充满爱"挺顺口。后来演唱会也用了这个题。

能举办这样一场演唱会，是对流行音乐的"破例"。有关部门曾有硬性规定："三个流行歌手不能同台演出"，如果当时没有东方歌舞团的品牌效应，没有王昆的威望，没有中录和我们公司，没有和平年的背景，恐怕很难批下这个演出。

1986年5月6日，在东方歌舞团的排练厅里曾召开过一次关于《让世界充满爱》演唱会的动员会，请了文化部演出处处长、艺术局局长。当时，人们还不能公开、正面地谈论流行音乐，但王昆发表了一段意味深长的讲话，大意是"能在人民群众中广泛流行起来的就是好的。……可能要若干年以后，你才能更深刻地体会到它的艺术影响。不管走多久，我们这台节日的影响，要达到很远很远。"

物资匮乏不影响演出热情

当时的歌手，都是自费来回，没有路费，没有住宿费、演出费，我们只提供排演时的一餐盒饭。这是20年前才能有的事——因为流行音乐被压抑了很久，大家都想找机会唱，很多人从深圳、广东赶来。王洁实、谢莉斯这对黄金搭档，当时已是唱红"外婆的澎湖湾"的腕儿了，都愿意参加。

在那物资匮乏的年代，演出器材也匮乏。我们临时向797厂买音响，他们的工程技术人员听到这个消息赶制了十几个大音响，虽然质量不是很高，但是个大创举，运到工体演出现场时，油漆尚未干。服装方面，本想让一百多名歌手统一服装，可市场上东西不多，买个夹克衫还是两种颜色。

崔健"气走"文化部的人

这首歌占演出的20分钟，因为排练时间太短，一百多人现场唱潜在的意外因素很多，我怕演出效果受影响，就让现场调音台的人到时关话筒，放合成好的录音，但这事儿不能跟任何人说。在现场，歌手们都憋着一股劲想好好唱上一番，并不知道话筒关了，依然卖力"真唱"。连续三场，场场爆满。

现场还有崔健唱"一无所有"等节目。当时崔健站在台上，一个裤腿长

151

一个裤腿短挽着，抱着吉他连蹦带跳，现在你会觉得他是在摇滚，但当时现场文化部一些负责人被气得中途退场，以表明态度。演出散场后，工作人员站在出口前，听观众反映。观众都是反复唱着"一年又一年"离开工体的，我觉得这是试金石，演出成功了。

演出结束后一个月，王昆说，部里有这样的声音，"让世界充满爱这种话语没有阶级性"，无产阶级和资产阶级之间怎么能爱呢？我一听，肺都裂了，心想都改革开放这么久了，怎么还这样呢。我不干了……这真让我非常伤心。

1986年底，我离开东方歌舞团出国，后来定居香港。本来我现在应该是在东方歌舞团退休的。后来我在香港遇到一个研究历史的台湾教授，说在大陆买到一盘盒带，说大陆也敢说"爱"了。他们不知道，那盘盒带上署的策划人就是我。

《 60年60人·1986 》

对"文革"开始学术性反思

吉新宏，男，39岁，大学教师

我这套《历史在这里沉思》（1~3卷）是1986年8月由华夏出版社出版的，主编是著名作家、曾任《人民文学》副主编的周明。本书上自1966年，下至1976年，共辑录了不同作者的纪实文章53篇，第一卷揭露林彪、"四人帮"一伙对党和国家领导人的迫害；第二卷揭露林彪、"四人帮"一伙制造的反革命事件；第三卷揭露林彪、"四人帮"一伙对各阶层、各方面一些代表人物的迫害。

1986年正逢"文革"爆发后20年、结束10周年，中国思想界开始从前一阶段对"文革"的一般性否定和批判中转入学术性的研究反思阶段，收获了一批重要成果。这年8月26日，巴金在《新民晚报》上发表文章呼吁"建立'文革'博物馆"；邵燕祥也在当年的《文汇月刊》4月号上倡导"对'文革'作多层次系列性研究、比较研究、综合研究"，建立"'文革'学"。也有些史料性的著作问世，比如国防大学政工党史教研室编的三卷本的内部资料《"文化大革命"研究资料》，《历史在这里沉思》也属于这一类。这套书出版后供不应求，一年内先后印刷了7次，总印数68万多册。随后，又接连出版了第4~6卷，至1989年出齐。直到现在，这套书仍然是了解和研究"文革"必备的读物之一。

（资料图片）

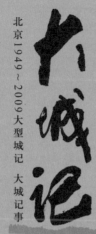

新中国首都60周年

北京1949～2009大型城记 大城记事

1987

洋快餐

1st KFC in China

关键词：前门肯德基
八七狂热

1987年冬，全球规模最大的肯德基快餐店在前门西侧开业，这也是这家连锁快餐店在中国的第一家"分号"，美国驻华大使到现场参与剪彩。这个被无数媒体翻炒过无数次的事件背后，仍存有大量细节可供玩味——在一众国产快餐店纷纷式微之后，它如何克服了鸡冻盐咸等不利因素，并吸引了新人来店内举办婚礼？

洋"家乡鸡"
在中国的第一只蛋

1982年，享誉全美的快餐经营专家王大东受到时任天津市市长李瑞环的邀请，辞去肯德基公司的职务回到中国，在天津开办了第一家西式快餐店。这家经营汉堡和三明治等简单西式快餐的"傲奇快餐"，在美国快餐界引起了轰动……1986年，王大东受邀重回肯德基，出任肯德基远东地区总裁，筹划开发中国市场。

▲这个规模1400平方米、有500个就餐座位的三层楼房，是中国第一家肯德基快餐店，也是当时全世界最大的肯德基快餐店。

土豆泥
北京从此多了另一种味觉

时至今日，无论肯德基推出了哪些新品种，29岁的常浩去肯德基时，都只点原味鸡、鸡汁土豆泥和面包。每次报出这几个名称，看着餐盘里熟悉的食物时，他都会觉得有点恍惚，用餐习惯和记忆固执地停留在7岁那年。

1987年11月12日，北京下着大雪，很冷。常浩坐在自行车车杠上，父亲蹬着车，花了半个多小时，从芳草地骑到前门。快到熟悉的前门时，常浩把窝在黑色"棉猴儿"里的脑袋探出来，被眼前的景象震住了：一座三层的楼房灯火通明，穿着鲜艳服装的女孩们正在跳舞，门口排起了长龙般的队伍。

这是中国第一家肯德基快餐店。开业当天，美国驻中国大使、北京市政府领导等均到场剪彩，也成为当日外电报道中的重要新闻。开业剪彩后，餐厅正式向公众开放。常浩和父亲排在长龙般队伍的最后端，人群有点沸腾，迫不及待地想要尝尝美国家乡鸡的味道。人们排队等候的火爆场面显然超过了餐厅工作人员的预期，他们不得不打电话向公安求助，以维持秩序。

常浩和父亲在两个小时的等待之后进入餐厅。常浩的父亲点了当时供应的所有食品：原味鸡、鸡汁土豆泥、菜丝沙拉和面包。鸡块、土豆、蔬菜、面包，都不是陌生的食物，经过美式快餐烹饪方式的重新"排列组合"后，却散发出完全陌生而新鲜的口感。"尤其是鸡汁土豆泥，以前我只吃过土豆丝和土豆块，那是第一次吃到绵软的糊状土豆。他们的餐盘上有小格子，食物可以分门别类。"

鸡 盐
北京的鸡肉太冻、咸盐太粗

肯德基进入中国之前，还有一系列的铺垫，肯德基当时的母公司——百事在中国的灌装厂已获得初步成功。1986年，百事前总裁简道尔率领全体董事到访中国，这在当时的外资企业中前所未有。

肯德基得以在古老的正阳门箭楼斜对面开起第一家快餐店，美籍华人王大东（现任北京师范大学珠海分校特许经营学院教授）功不可没。1987年的中国，对外开放起步不久，在中国开办合资企业仍有诸多限制，尤其是对于作为第三产业的餐饮业。在一些使馆工作人员的回忆中，上世纪80年代，使馆举行宴会时的可口可乐，都要从香港购买。

王大东带领肯德基公司的市场拓展团队用两个理由来说服中国政府：一是为在华使馆的外国工作人员和来华投资的外国人提供餐饮上的便利；另一则是中国的外汇需求，当时的肯德基被定位为为外国人服务，外国人去肯德基消费，必须使用外汇券。

当时外资进入中国，必须有一个中方合作伙伴，而且是外经贸委"指定"给你的合作伙伴。肯德基既然卖鸡，指定的合作伙伴就是北京市畜牧局——因为他们能供应鸡肉。

但当时北京市畜牧局没有保存冷藏鸡的设备和运输的方法，所以肯德基在京推出的食品只能用冷冻鸡。而这点达不到肯德基对原料品质的要求——必须用冷藏鸡而非冷冻鸡。

肯德基进入中国所遇到的"瓶颈"还不止于此，除了主要的食材，调味品环节也出现了问题。当时中国的盐，在肯德基的店里是不能用的。因为那时中国的盐太粗了，掺和在调味粉里面就会产生粗细不均等等问题。所以刚开始的时候盐是进口的。鸡是本地的。

经过种种筹备，按照开办合资企业的程序，肯德基找到了北京市旅游局，并请他们参观了天津傲奇快餐，最终说服旅游局成为合资方。肯德基在中国的第一家快餐店得以呼之欲出。

使馆区内 大栅栏外
一度有人在店内举办婚礼

筹备过程进行的同时，王大东也在考虑选址问题，北京、上海、广州都被列入考虑范围之内。

上海是中国现代化进程最早的城市之一，受西方商业的影响也由来已久；广州是1984年设立的14个沿海开放城市之一，在引进外资上有着更大的优势。经过比较优劣势和考察市场后，王大东和肯

纪事·1987

1月14日 人民机器总厂、重型汽车制造厂、建筑机械厂、起重机厂、第二机床厂等5家企业分别签订了"两保一挂"的承包协议书。这是本市大中型工业企业开始有步骤、有领导地实行多种形式的承包经营责任制的第一批企业。至4月初，80%的大中型企业实行了承包制。

2月17日 在老山前线英雄事迹报告会上，一等功臣、北京籍大学生徐良作报告。

2月19日 北京市五讲四美三热爱活动委员会更名为首都党政军民学共建文明城市协调委员会。

2月19~28日 北京市举办首届对外经济贸易洽谈会。来自五大洲60多个国家和地区的上千名客商参加，成交金额8000多万美元。

3月6~12日 北京市第八届人民代表大会第六次会议通过月季花和菊花为市花、国槐和侧柏为市树的决议。

3月31日 北京市急救中心工程竣工，由中意合作兴建。

德基总部仍将目标锁定在北京，在作为政治和文化中心的首都开设第一家肯德基快餐店，产生的影响力是在上海、广州两座城市开店无法比拟的。此外，北京是中外游客的汇集之地，有较大的潜在消费群体。

选择店址也同样颇费周折，有人建议第一家肯德基应该开在使馆区，但王大东认为若开在使馆区，便在一定程度上失去了肯德基进军中国市场的意义。在王大东的愿景中，肯德基进入中国，不是为在中国的外国人服务，他的目标很清晰，要在中国推广肯德基的连锁经营。

经过反复比较后，繁华的前门大街成为王大东的首选，那是北京客流量最大的地段之一。与作为政治中心象征的天安门城楼遥遥相望，古老沧桑的正阳门城楼、箭楼近在眼前，以及前门大街的商业传奇，让王大东坚定了肯德基落户前门大街的选择。最后，在时任北京市副市长孙孚凌和轻工业部部长杨波的推动下，肯德基选址前门获批。

1987年11月12日，中国第一家肯德基快餐店如期在前门大街开业。王大东以每日千元的租金与宣武区正阳市场签下10年租期，10个月后，该店收回成本。

前门肯德基开业后，出现过戏剧性的场景：每个星期天，都会有人在肯德基三楼举行婚礼。在如今的人们看来，或许不可思议，当时却是件极有面子的事儿。许多开业当天在肯德基用过餐的小孩，都像常浩一样，逢人便骄傲地宣称："我去吃肯德基了！"来北京旅游或办公的外乡人，更会把在肯德基的用餐经历，以及与餐厅门口肯德基上校塑像的合影，作为返乡之后的谈资。

老北京鸡肉卷
洋快餐的本土化之路

1987年时，中国肯德基的员工不到百人，今天已经有了12万名本土员工。"1987年肯德基进入北京，当时我们只有8种产品，大多是从美国引进的传统产品。但是21年后，现在我们已有52种产品，其中有很多产品都是为了中国的消费者开发的，像老北京鸡肉卷，

4月18日 位于龙潭湖畔的"北京游乐园"建成开放。

4月29日 永定河引水渠污水截流工程全部竣工，实现了污水、河水分流。

5月7日 首都规划建设委员会第九次会议决议：北京市今年计划安排基建规模比上年压缩10%，严格控制新开工程，认真清理在建项目。

5月23日 朝鲜民主主义人民共和国主席金日成在北京市市长的陪同下，乘车参观北京市容。金日成赞扬了北京市的市政建设工程。

6月9日 北京市第一家办理自费出版业务的文津出版社成立。

6月15日 卢沟桥主桥修复工程完工，基本恢复了石造联拱古桥的原貌。

7月4日 北京图书馆新馆竣工，建筑面积14万平方米。

7月30日 八达岭公路复线全部建成通车。

12月19日 北京交通指挥中心建成。

12月21日 北京市第一条天然气管道建成通气。

▲ 1987年，第一家肯德基快餐店出现在曾汇聚了全聚德、便宜坊、月盛斋、都一处、一条龙、小肠陈、爆肚冯等众多北京老字号的前门商圈。

早餐的油条、粥等，这些都是为了符合中国大众的口味。"现任百胜餐饮集团中国事业部总裁苏敬轼说。

现在，肯德基在中国的本地原料采购比例已达90%，作为其产品的三种重要配料：面包、鸡肉和蔬菜全部来自中国本土。在业内人士看来，肯德基在中国的二十多年来，本土化做得最为出色的要数其对于菜单的本土化。

王大东也曾表示，他没觉得肯德基的炸鸡有多好吃，自己家里做的可能味道更好，但这并不影响人们对肯德基的追捧和热情。1987年出现的原味鸡、鸡汁土豆泥，提供了人们从未有过的就餐经历，仿佛吃饭这件事情被抽离出生活，远离了柴米油盐和烟熏火缭。当人们不再有耐心浏览中国餐厅菜单上密密麻麻的选项，洋快餐的进入为正在进行大都市转向中的北京提供了一种新的选择，它的便捷、标准化，以及抹平差异的服务为它赢得了一拨又一拨食客。"我们中国人应该还是喜欢吃中国菜。现在消费者需要的是把中国菜做成肯德基的模式和标准。"苏敬轼说。

（摄影 尹亚飞 赵亢/资料图片 新华社 韩晓华 摄）

美国电影《霹雳舞》于1987年进入中国，片中人物"旋风"和"马达"迅即俘获了无数北京青少年的心。在工厂、在学校、在广场、在街巷，到处都是戴着露指手套、身穿奇衫异服的少年一遍遍地以"太空步"行走或模拟擦玻璃的动作。霹雳舞开始成为学校周末舞会上必不可少的演出环节，青春逼人的年轻人在《荷东》和《霹雳舞》旋律中"群魔乱舞"。

"八七狂热"
北京城跳霹雳舞事件

▲狗子，37岁，酒吧老板，曾组建霹雳舞蹈队。

1984年，我在国外的朋友回来时带回来一盘录像带，是一部叫《霹雳舞》的电影，在此之前，我们其实已经看过一些霹雳舞短片了，但是这部电影真是让人震撼。看到里面黑人孩子跳霹雳舞，我都不知道他们是如何能玩成这样的！好得怪怪的！看晕过去！这才是真正的跳舞！

那时我14岁，有一帮一起玩的哥们，大家本能地觉得有意思，就一起看着电影、短片学霹雳舞。就在马路沿儿上，随便一块地方，铺上一块地板革就开始练。当然每个人悟性不一样，谁也不能说自己什么都会。每个人都按照自己的方式去感觉、去理解霹雳舞的节奏和动感。那时候我们经常去八一湖、新街口、民族歌舞团disco舞厅跳舞。有时候在家里练，对着自己的影子练。我父母当时也挺支持我练这个的，觉得是锻炼身体。后来看霹雳舞占用了我大部分时间，天天练时时练，拿这个当专业，他们开始有意见，觉得我应该踏踏实实找个工作。后来等我跳霹雳舞挣钱了，挣的钱比他们的多，他们就不说什么了。

当时我们穿的衣服叫风斗，尼龙绸材质的，戴上一个帽子，有点像下雨时穿的雨披，材质比较滑，便于展示霹雳舞最重要的特色——在地上做动作。一色穿回力鞋，后来条件好了，就穿彪马、埃斯科斯之类。半指手套是跳霹雳舞的标志。那时候自己用录音机录歌曲，迈克尔·杰克逊等的，然后拼成一套做舞曲。

渐渐地，北京城里跳霹雳舞的越来越多，也开始分了"帮派"，甘家口的是一块，新街口的是另一块，两派之间，学校之间，班级之间也有"磕舞"的，就是谁不服，比一下。有时候有朋友请我们去他们学校帮忙，跟另外一个班比着跳霹雳舞。当然也会因为磕舞，闹出口角、打架之类，但都是青春期的少年事件。

在《霹雳舞》这部片子到中国公映之前，我跟着私人承包的歌舞团在各地演出引起的都是新奇的赞叹。那个片子公映之后，更是引起了狂热的追捧，因为跳霹雳舞，也认识了很多姑娘。那时的信息资源比起今天来有限许多，青少年有劲没地方使。霹雳舞传到中国来，就跟中国的功夫传到西方去一样。

如果说那时叫跳霹雳舞的青年为叛逆，现在应该叫前卫。所有的年轻人都愿意去学霹雳舞。现在音乐圈里好多乐手都是跳霹雳舞出身，面孔乐队的讴歌和欧阳、唐朝乐队的已故贝斯手张炬，都是跳霹雳舞的。

跳霹雳是我最初自主去做的事情，它能让你做你意想不到的事情，发掘出身体的潜力。现在回想起来，仍然觉得是很丰富的经历，而且对我以后做人做事都有影响，比如怎么创新，怎么挑战极限。后来我们组成一个霹雳舞队，1988年，我参加了一个全国性的霹雳舞比赛，有企业赞助我们去外地比赛。

今年在我生日那天，在我的酒吧一堆老朋友伴着乐队的音乐，跳霹雳舞，玩得很尽兴。

60年60人·1987

广场上拍过照
城楼里练过摊

王冬，42岁，饭店老板

以前有相机的人不多，拍一次照就很难得。"文革"以后，天安

▲王冬在天安门广场给游客拍照时使用的就是这款海鸥DF。

门广场就有专门为游客照相的国营照相摊，明码标价。我二哥当时就在做这个活儿。当时照完照片后，在事先准备的专用信封上写清地址和姓名，照片冲洗出来后，照片连同底片寄到顾客的家里。

我中学毕业是1987年，就去天安门广场给人拍照。当时天安门广场地区的照相摊挺多，我记得天安门城楼前有七八个摊位，纪念碑、毛主席纪念堂那儿都有，总共有20多个摊位吧。也有不靠谱的，相机里头不装胶卷。

我哥们在毛主席纪念堂西侧有个照相摊，通过他的关系，我在正阳门城楼下设了一个摊儿。两个人一台相机，是以牛街照相

馆的名义承包的。那时候拍照5块钱一张，10块钱四张。给80块钱，我们就把一整卷胶卷都给他（她）用了——跟着游客走，拍够天安门六景。

那时，每天能挣个五六百块钱，收入也算可观。每天是9点多到天安门广场开始"上班"，中午12点多和哥们下饭馆喝酒，1点多继续给游客拍照，一直到下午4点多收摊——赚的也是辛苦钱。

1991年时候，我们通过私人关系，找到正阳门管事的，最后答应让我们在新对外开放的正阳门城楼上给游客拍古装照，这事儿我们是头一个。当时天安门城楼也才刚对游人开放不久。

新中国首都60周年

北京1949～2009大型城记 大城记事

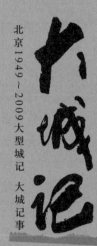

大城记

1988

北京拍卖市场

The lifting of the auction mallet

关键词：北京拍卖市场
　　　　环幕影院

1949年之后，北京市旧有的拍卖行经过公私合营之后，转型成为信托商店并开展旧货买卖。"改革开放"之后，各单位纷纷成立的劳动服务公司挤压信托商店的经营空间，国外拍卖行也开始筹划开展中国市场——

改革开放后
中国拍卖行第一槌

1988年5月15日，《北京日报》在显著位置刊登了一条消息：绝迹近40年的拍卖市场重新"亮相"。

一天前，在民族文化宫西厅内，久违的竞价声使所有在场的人都感到非常新奇。当日的最高标的经过8轮激烈竞价，从800元竞为2200元，最终来自澳大利亚的瑞得曼将仿明式榆木圈椅收入囊中。2200元，在当时并不是一个小数目，足以引起多家媒体的兴趣，《人民日报》直截了当地点出："瑞得曼先生是中国拍卖市场第一位外国买家。"有意思的是，当天为之定音的并不是拍卖槌，而是临时找来的一面铜锣。拍卖开始前，时任北京市副市长陆宇澄登上主席台，宣布了改革开放后北京首家拍卖行成立，在全国兴起的建设各种交易市场的热潮中，这家拍卖行被命名为"北京市拍卖市场"（1995年更名为"中联国际拍卖中心"）。

集邮市场拍卖探路

"这场拍卖会上的锣声成了改革开放后中国拍卖行业中的'第一槌'。"现年61岁的冯家驳，当时作为北京市一商局下属的北京信托商店业务科副科长，见证了北京市拍卖市场筹备、组建的全过程。他介绍，在北京市拍卖市场成立前，北京就出现了零星的拍卖活动。

1985年8月12日，北京鼓楼集邮研究会召开了一场邮品拍卖会，这也是改革开放后全国最早进行的拍卖活动。那时，集邮市场尚未放开，拍卖是在小范围内悄悄进行的，参拍者只有60多人，29项邮品拍出了20项，成交额只有632元。"这可以说是一次具有投石问路意义的探索。"此后，拍卖活动有所扩大，但基本上仍以集邮品拍卖为主，比如，1986年10月，北京市宣武区集邮协会和东城区集邮协会趁着中华全国集邮联合会第二次代表大会在北京召开的时机，联合举办了一次公开集邮

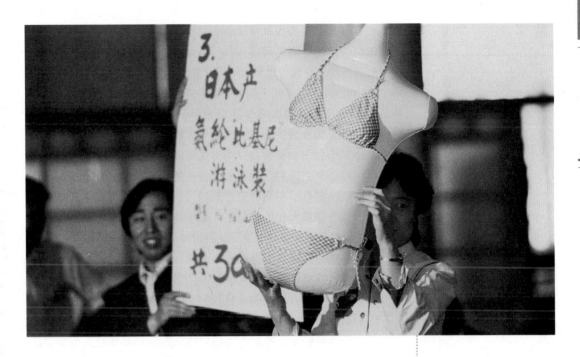

品拍卖。1988年的北京首届民间邮品拍卖大会上，创出了拍卖总底价30万元、成交额28万元、单项最高成交价6万元的纪录。

当然，也有个别的资产拍卖活动。1986年11月8日，海淀区就有6家常年亏损的国营小商店，被公开拍卖给了私人经营。"在这种自发的民间拍卖活动推动下，拍卖行业呼之欲出。"1986年11月，广州市就成立全国第一家拍卖行，"但因为缺少拍品，也没有长期经营旧货的经验和人才，成立后几年实际上没有真正的经营活动。"

以拍卖行解决信托商店出路

1949年成立的北京市信托商店主要是解放前的拍卖行业经过公私合营陆续转制而成。

冯家驳介绍，1956年以前，信托商店主要作为计划经济的一种补充形式，其重要作用是在刚建立的国有经济和尚存在的私营经济间进行互通有无的交流，比如国有经济通过信托商店向私营经济采购。1956年公私合营完成后，大部分旧货业并入，信托商店转入了

▲1988年5月14日在北京第一家拍卖市场上，日本产比基尼泳装仅以10.5元一套一次拍成。
新华社记者 李晓果 摄

◀前页 1988年5月14日，澳大利亚人瑞得曼以2200元拍得仿明式榆木圈椅，成为中国拍卖市场第一位外国买家。 新华社记者 李晓果 摄

163

旧货经营，大宗业务大部分来自各驻华使馆淘汰的家具、汽车等，还有法院、工商、海关等执法部门罚没的物资。这种业务在很长时间内由信托商店专营，出售后所得资金全部上缴国库。

"但是，进入80年代，原业务联系单位纷纷成立了自己的劳动服务公司，信托商店的旧货专营业务渐渐被分解。"冯家驳说。这时，北京处置罚没公物的权力机关将公物"内部处理"的现象十分严重，比如将罚没物资擅自交给下属劳动服务公司变卖，有的则成了部门间拉关系、走后门的礼物，许多商品定价很低，严重偏离了其本身价值。因此，对国有资产来说，"也面临通过何种方式促进流通，使其价值最大化的问题"。当年作为北京市信托商店负责外贸业务的副经理刘浚年也肯定了这种说法。

"从解决信托商店自身的出路考虑，我们曾想过三个办法，就是成立拍卖行或典当和经纪人事务所。1987年11月，成都市典当行成立的第九天，一商局就委派我和另两位同志去考察。而之前北京已有过拍卖活动，信托商店长期经营旧货也积累了丰富的经验和大批人才，所以我们最后锁定在了拍卖行，并于1986年将这种想法通过信托贸易联合会上报给了商业部和北京市领导。商业部对此想法很感兴趣，和国家体制改革委员会联合召开研讨会，商议具体办法。北京市领导的批复更明确，要求'各部门予以支持'。"冯家驳回忆。

北京市拍卖市场筹备成立，并准备首场拍卖会时，进展并不顺利。冯家驳说，"虽然有国家部委和北京市领导的肯定意见，筹集拍品时，各部门口头都表示支持，但谈到具体拍品时，往往会推诿。经过有关特批，终于凑足了第一批拍品。"

以国际艺术品拍卖激活市场

这时，国外的拍卖行业也开始进入北京。

事后回忆起来，冯家驳才意识到，1988年5月14日，北京市拍卖市场的首次拍卖会上还来了一位特殊的客人，他就是英国著名的索斯比（也译为"苏富比"）拍卖行负责人。他并不是那场拍卖会上的竞拍者，而是想于6月4日在劳动人民文化宫举办一次以"拯救威尼斯，

▲北京拍卖市场使用多年的拍卖槌。

拯救长城"为名义的艺术品拍卖会,以此"试探中国市场"。

了解到这一消息后,北京市拍卖市场决定赶在对方之前举办一场艺术品拍卖会。他们很快找到了北京市文物商店,借来了一些打过火漆(可以出口的标志)的文物,并从信托商店下属的华夏工艺品商店取出一些物品,共组织了22件拍品,于6月3日,在民族文化宫举办了首次艺术品拍卖会。"这也是全国第一次艺术品拍卖会。成交只有7件,影响也不大。真正影响深远的是1992年10月举行的首届国际拍卖会。"冯家驳说。

刘浚年回忆,北京市拍卖市场成立头几年,一直面临拍品不足的问题。那时,原则上"文物还不在可拍卖之列,房地产、汽车等也没有进入拍卖市场,连罚没物资都还没有明确说法。1989、1990两年北京经济又出现了萎缩迹象。"

为激活市场,1991年春节,北京市拍卖市场联合北京市广告公司筹备了一场春节拍卖联谊会,邀请政府、文艺界、新闻媒体等各界知名人士参加,"主要意图是吸引国外买家","华夏工艺品商店拿出了一部分工艺品,还有昌平、大兴等地提供的一些宠物、花卉等"。这期间,北京市将1992年定为"黄金旅游年"。在北京市拍卖市场的联谊会上,荷兰商人皮特杨森看到了商机,向他们提议以"黄金旅游年"为契机,举办艺术品拍卖会。

突破了文物流转政策的禁区

"大家的担心很明显,能不能找到足够的标的不说,很多人也怀疑我们的工作人员是否具备国际素质。"冯家驳说。在和皮特杨森沟通的过程中,他意识到这恰恰是北京市拍卖市场扩大市场、培育人才、呼吁政策的良好机遇,于是主动请缨,调入拍卖市场任经理,只是要求"有20万的余地,赔赚都在此范围之内"。

"但这次的拍品一定要上档次,否则很难吸引国外客户,而这可能又会涉及敏感的文物外流问题。"刘浚年说,"事情汇报到国家文物局,他们也很犹豫,但他们也面临文物流转管理体制上的困惑。最后,我们提出容易引起争议的拍品,可以摆上去,但一定要提高底价,有意造成流拍,比如毛主席坐过的红旗轿车底价定成了

20万美元。"从北京文物商店、故宫博物院、中国书店、华夏艺术品商店等处征集了4000多件拍品,从中选出了2000件;档次仍不够,国家文物局又特批了232件珍贵文物,包括战国时期的戈、爵杯及铜器、玉器、瓷器等。

这次拍卖会全部采用美元报价,并从香港请来资深拍卖师胡文启,他义务主持拍卖,但条件是将他从香港带回的拍品参与拍卖;入境前,和海关达成了协议,拍不出的商品还可由他带回去,不按一般文物出境管理办法办理,"这也为以后的文物出口政策灵活化打下了基础"。

"文物也可以正大光明地进入拍卖市场,这次拍卖会是对这个禁区的突破。这为《文物法》的修订和《拍卖法》的制定都提供了重要参照。"刘浚年说。

60年60人·1988

中国首例试管婴儿诞生始末

张丽珠,女,88岁,北京大学第三医院生殖医学中心教授

1988年3月10日,中国首例试管婴儿出生了,孩子的哭声非常响亮。当我们把孩子送到她妈妈面前时,她妈妈"哇"的一声就哭了。

早在1978年7月25日,世界上首例试管婴儿就在英国剑桥诞生了,这很快成为许多国家的研究热点。但那时,中国的计划生育政策刚起步,国内做得更多的还是避孕及人工流产。1982年前后,很多妇女来找我解决不育问题,从那时起,我觉得不育问题应当被重视起来。

不久,我和北京医科大学(现北京大学医学部)胚胎教研室合作研究。我们在给病人开腹治病的同时取卵,随后让卵子体外受精,第二天早上就能看到精子卵子成功结合的胚胎,胚胎在营养液中停留一天就植回母体。这样进行了12例都没有成功。

1987年,医院来了个甘肃女患者,叫郑贵珍,38岁,结婚20年没有孩子。我检查后断定,她输卵管不通,决定马上给她做体外受精。打了催卵针后,她排了6个卵子,开腹取出后成功培育了4个胚胎,移植进母体14天后她怀孕了。我们给她做了B超,发现是活胎。我的心就跟着胎儿一起跳动着。郑贵珍快生产时,我们决定进行剖腹产,我是主刀医生,当时真害怕有意外。还好,孩子一切正常。

后来,郑贵珍为孩子取名为郑萌珠,"萌"是启蒙发芽,意思是第一个,"珠"是为纪念我。现在,郑萌珠已是一名大学三年级的学生。去年,她还专门来北医三院,和我们一起度过了她20岁的生日。

乔柏人，83岁，中国电影科学技术研究所教授级高级工程师，被誉为"电影建筑工艺设计泰斗"。1955年进入电影界，参加或主持了各类电影院的研究和设计，创建了电影建筑工艺专业。

80年代后，致力于研究、设计、开发新形式电影院，开创了多项电影院工艺设计作品的"全国第一"，1988年主持建设完成全国第一家环幕电影院中国电影宫实验环幕影院。

环幕影院曾被斥
"为城市老爷服务"

1988年12月28日，中国第一座360度环幕电影院——中国电影宫实验环幕影院，在北京新街口外大街西侧小西天建成开幕，当天上映了我国首部环幕电影《华夏掠影》。

曾选址北海公园的小西天

实际上，上世纪50年代末，我国就开始了对环幕电影的研制，由中国电影科学技术研究所负责，我主要负责场地设计和建设。1959年，我和一名副所长去北海公园考察选址，巧合的是，当时选定的是公园西北部的一个院子，也叫"小西天"。当时，北海公园的小西天闲置了很久，那座正方形的大殿很适合改造成360度的环幕电影放映场所。但因为自然灾害和政治运动，研究设计工作时进时停。由于普通电影院只需一台放映机，而环幕电影却需要九台放映机同时放映，所以被斥为"是为城市老爷服务的"而不得不半途夭折。

1983年，中国电影科学技术研究所重新组建了环幕电影课题领导小组，仍然分为拍摄设备研制和放映场所两部分。1986年，

▼1988年的中国电影宫环幕电影院内情景。

拍摄了试验片《广州风貌》，使中国成为世界上第三个能自行制造全套环幕设备和拍摄环幕电影的国家。当时，除美国和苏联外，仅日本有三家环幕电影院，法国有一家在建设中，但他们的设备都是从迪斯尼引进的，不是自制的。

开业一年后被迫停业

我一直是主持环幕电影放映场所的负责人，还担任了1983年启动的中国电影宫工程项目的副经理。1984年，我们考察了加拿大、美国、日本等国的环幕电影、巨幕电影和穹幕电影等新形式电影和电影院，并结合50年代收集的环幕资料，开始环幕电影的设计。到1986年环幕设备完成时，影院设计也基本结束，但因为场地和资金问题，没能开工。

于是，我和电影宫筹建委员会商议，请他们让出电影宫场地的一角建设环幕影院，并从电影宫筹建资金中划拨了100万元。1988年底，"中国电影宫实验环幕影院"终于建成。但1989年，原用于电影宫建设的2亿多元资金，临时挪到北京亚运会接待国外媒体之用的"梅地亚中心"工程项目中，筹备了6年的电影宫项目被迫下马。电影宫环幕影院也只好停业，不久被拆建成居民大楼。

但第一家环幕影院建成后，这种影院很快向全国扩展，比如1989年的深圳"锦绣中华"微缩公园环幕影院、1990年的八达岭长城全周影院。1988年4～10月间，《华夏掠影》被带到了在澳大利亚举行的世界博览会，使中国馆首次在世博会上获得了五星级展馆奖。

促动穹幕影院诞生

环幕影院还促动了我国第一座穹幕影院的诞生。1986年，电影宫环幕影院还在设计之中，我的老同学、时任中国科技馆副馆长的田春茂找到我，说科技馆也想建一座环幕影院，地方就在中国科技馆主楼西侧，希望我帮他们设计。我说，环幕影院最适合拍摄场面宏大的风光片、绚丽多彩的风土人情纪录片，所以最适合放在著名旅游景点和游乐场所等，而穹幕电影整个天空都是银幕，观众被包围在影像空间中，具有压倒性的远近感和移动感，最适宜表现天空、海洋、太空、科幻等内容。对科技馆来说，建穹幕影院更合适。这样，1989年，中国科技馆穹幕影院正式开工，1991年建成。

现在，随着中国科技馆的搬迁，这座中国首座穹幕影院也结束了使命。

后 记

　　北京——这是一个国家最清晰地表达自己的空间。无论是被裹挟还是引领潮流，这个城市都贡献了跨越时代的思想者，产生了民族文化的传灯人，孕育了城市文明的承担者——市民阶层与市民社会。毫无疑问，北京是中国式变革最直接、最集中的发生地，更是社会进步力量最充分发展的空间。

　　关于城市的历史地理，新老媒体上一直不缺少相应的报道。事到如今，报道者和阅读者都无意缠绕在"文化地理"、"民族志"甚至"大都市文化研究"这些夏来的概念里。至少，人们已经达成了共识：它不应该是报纸或电视上的豆腐块文字，而应该是一部"城市空间的地理性历史"。城市地理的报道应当超越"补白与钩沉"，我们追溯城市生活的古代源头，定格社会活力的当代面相，但"记录变迁"并不是要对着历史撒娇，"反映成就"也不是通过比对过去与现在来获得安宁。

　　这是2009年，一批批声势浩大、蔚为壮观的**首都六十年专题报道和书籍**（京城媒体不约而同的国庆献礼）正在制作中。对于城市历史的日趋重视，一方面是30年或者60年这样的代际划分引发的媒体选题，同时也是一个城市试图厘清自己身份的必然。《大城记》不敢妄自尊大，我们只是着手比较早（从4月份开始），收尾的时机恰到好处（9月末）。说"通过对北京事件的编年史铺陈，在时间的线性展现中构造一列绵延的历史景观"，只是我们一厢情愿的自我期许，到底是不是那么回事，还得您自行判断。

毋庸讳言，《大城记》的调调儿就是乡愁阐释（失散的老北京气质）和盛世抒情（一个首都的梦想和实现）。六十年，六十期，它杂糅了自然风貌、文物保护、旧城改造、工业地理、商业布局、空间生产、民俗演变和居住形态等具体**选题**。《大城记》并未对几个特殊的历史时段加以渲染，但在对运动和思潮的记录中，我们有意地安置了一些复调，给"另类"的声音一个发言机会。惨痛必将成为文化蓄能，我们坚信，公正的评价迟早会出现，我们不应该也不能够，对那个"遥远而真切的未来"关闭了想像。

相比于以前问世的《新京报》"北京地理"的报道和**丛书**，这三册《大城记》可谓"朴素"。这份朴素来自于清晰的逻辑和一以贯之的写作品格："主文"可以名之为年度地理事件；"见证人"则是另一事件的讲述者；"60年·60人"其实是老物件借它的拥有者之口发言。"记事本"（书中更为"纪事"）则是年度事件的整理。这些关于人口增长、工业兴衰、市政业绩和古物修缮的统计或者胪列看似毫无生气，但实际上却包含了无数人群迁徙和观念变更的故事，它可以作为年度事件的索引并引发在本书之外的深度阅读，请读者明察。

北京地理栏目组的**同事**们，在幸福大街的路边摊上经历着一次又一次的小圈子激动，又一起分担着选题无法操作的挫败感。六十期，这个"北京地理"最长的系列报道全方位地考验着记者和编辑的耐心。幸运的是，腻烦和焦虑这些负面的情绪并未导向失败主义，因为我们的操作从未失去张致——耿继秋点燃一支香烟，他的小眯缝眼儿运着两道精光，他在键盘上敲出一个字，然后看着烟雾渐渐散去，再敲一个字，起身、转腰子、落座，他删掉了那两个字，重新给文章开头……在垃圾填埋场被熏吐了之后，潘波在月黑风高的夜晚回到龙潭西湖，她在荷塘边流连，她想到了（大都市的生与）死，想到了人类的命运和宇宙的前途，以及数万字的采访记录如何打理……无论选题如何（除了不爱做的）、无论交往对象如何（除了不接受采访的），曹燕都能做到举重若轻。她视采访和写作为享受，是个乐观的行动主义者。她在一座医院的废墟上手舞足蹈如同癫狂，她对着电话喊道：我被蚊子叮得都站不住啦……在胡同、在乡村、在工厂、在大院门口，到处都留下了三位记者抓耳挠腮的身影，他们是"北京地理"生产一线上真正出色的劳作者。

致谢当然必不可少：感谢《当代中国的北京》编辑部的许钧先生提供《当代北京大事记》，它堪称"新中国首都时间白皮书"，它为我们的选题设定了最初的参照系；感谢鲁汶先生，"北京地理"的采编们以传阅这位"超级读者"发来的挑错儿邮件为乐事，并深受鼓舞；感谢中国建筑工业出版社的副总编辑张

171

惠珍女士，她的一双慧眼让这六十期报道摆脱了随写随看随丢的报纸宿命；感谢所有接受采访的人们——你们把大写的历史改成了小写。

看这套书好比倒一次时差，当您从这些"新"的故纸堆里抬起头时，也未必能看到什么历史的烟尘之类的东西，这不过是一次关于新中国首都60年的选择性游历。

它可能不够好，但是完成了，它就是好的——

60年也可以作如是观么？我们愿意邀请您，趁着这样一个时机，怀着一份不能忘怀的、"同情"的敦厚，本着一种**岁月和解**的胸怀，给上辈人一些礼敬，给同代人一些祝福，给孩儿们一些余地。

《新京报》北京地理编辑部

（执笔：郭佳）

《大城记》丛书编委会

编委会主任

戴自更

编　委

王跃春　孙献韬　田延辉　罗　旭

何龙盛　王　悦　吕　约　王爱军

《北京地理·大城记》制作团队

主　编/吕约

副主编/刘旻

统　筹/郭佳

编　辑/郭佳　巫慧

记　者/耿继秋　潘波　曹燕　马青春

摄　影/李飞　尹亚飞

图书在版编目（CIP）数据

大城记 II（1969~1988）/新京报社编.—北京：中国建筑工业出版
社，2009
ISBN 978-7-112-11244-9

I.大… II.新… III.新闻报道—作品集—中国—当代
IV.I253

中国版本图书馆CIP数据核字（2009）第151449号

责任编辑：张幼平
特邀编辑：郭　佳
责任设计：赵明霞
责任校对：兰曼利　王雪竹

大城记II
1969~1988
新京报社　编
＊
中国建筑工业出版社出版、发行（北京西郊百万庄）
各地新华书店、建筑书店经销
北京方舟正佳图文设计有限公司制版
北京云浩印刷有限责任公司印刷
＊
开本：787×1092毫米　1/20　印张：8½　字数：264千字
2009年9月第一版　2009年9月第一次印刷
定价：**35.00**元
ISBN 978-7-112-11244-9
　　　（18469）
版权所有　翻印必究
如有印装质量问题，可寄本社退换
（邮政编码 100037）